チェリーヒルの夜明け

椎名羽津実

鳥影社

チェリーヒルの夜明け　目次

一章　仲間たち　7
二章　別荘の休暇　49
三章　復讐　151
四章　社会人　173
五章　旅立ち　191

チェリーヒルの夜明け

夜が明けていく。東向きの一階の居間の窓辺に立って、私は窓の外を眺めている。

家の周りを桜の木がぐるりと取り囲むように生い茂り、その向こうにはなだらかな丘が川の流れと共に下方へと裾野を広げている。

丘には疎《まば》らな林がある。

林の闇から今、朱色の光が滲んでいる。それはまるで、横一列に並んだガスの炎のような小さな光の集合体だ。静まり返った闇の中に、破調が現れ始める。

小さな光は次々に周りをぼかし、朱色から橙《だいだい》、そして薄桃色へと色を変えて行く。子供が無邪気に垂らした絵の具のように、闇を彩って行く。

光がシャワーのように空中に撒《ま》かれ、辺りのものをあるがままの姿に変えていくのに時間はかからない。

ほんの一瞬、私は闇に呼び起こされた様々なものと対話する。

過ぎてきた時の中で、出会った人たちの横顔や、話し声を確かに私は感じ取る。出会い、別れ、喜び、痛み……。様々な記憶が甦る。それらを記してみよう、と思い立ったのは数ヵ月前だった。誰と出会い、何を感じ、どこで、どんな風に私はそれらと別れてきたのかを……。

一章　仲間たち

あれは十何年か前のことになる。私は、アリシア女学院というミッションスクールの女子大生だった。名は飯野佐和子《いいのさわこ》。私はちょっと風変わりな女の子だった。

その頃アリシア女学院は、都心から離れた郊外の、町の中にあった。駅前から続く古い商店が建て込んだ町の中に、学校はあった。敷地も狭く、中庭にはいつも多数の学生がたむろしていた。

友人もなかった私は中庭のいつも同じベンチにかけて、なるべく他の人と目を合わせないようにして過ごしていた。

私はどういうわけか、同世代の同性が苦手だった。……と言って、同世代の異性もそれ以上に苦手だったのであるが。女の子はいつも様々な形で群れていて、たわいのない事でキャッキャッと笑い合い、社会のことや、学問のことには関心がないようだった。一体どうしたらそんなに素直に周りの人や環境を信じられるのか、明るく屈託のない彼女たちは、私にとって眩《まぶ》しい存在だった。

　一方自分は、世の中で起こっているニュースや事件、そして自分自身さえ不可解でならなかった。私はいつも訳の分からぬものに対して苛立ち、反発心を抱え込んでいた。そんな自分こそが一番の恥ずべき人間だと自覚していた。私は同級生たちの前ではそういう自分を悟られまいと挙動不審になる。まったく空回りもいいとこだった。

　私はできるだけ他人との接触を避けていた。だが、本心は接触を待ち望んでいたのかもしれない。そういう矛盾した心がベンチに座っている間にも表れ、落ち着かない視線となって大勢の学生たちの上を行き来してしまうのだ。

　沢山のグループの中の一つに彼女はいた。何人かで話していても目立ってしまう背の高さ、スタイルの良さ、それは際立っていた。しかし目を引いたのは全体の雰囲気だった。子供のような素顔、赤みがかった長い髪、着ている物はほぼ生成りの、民族衣装のようなルーズなワンピースだった。

　ひょっとしたら私たちは、何度か視線を合わせ、お互い見知っていたのかもしれない。しかし、私は彼女に視線を当ててもそこに留めず、さり気なく視線を外して知らぬふりをした。人と関わりを持ちたくない、という思いでいた私は、そのような仕草にはかなり長けていた。だから、彼女には勘づかれるはずもない、と思っていたのだが……。

ある日彼女は私がいるベンチにひょいと腰かけ、にこにことした笑顔を向けてきた。その目は、私が今まで見たことのないような、愛らしい小動物のような目だった。私はちょっと油断をした。

「こんにちは！」

彼女は驚くほど明るい声で言ってきた。まるで十歳かそこらの女の子のような挨拶だった。彼女は笑いながら拙く喋った。簡単な自己紹介をし、あなたをよく見かけるのだと語った。

「私、国文科の三年の小峰塔子《とうこ》。クラスは……二組。区の図書館や美術館で、あと国文学の学会の時にもあなたを見かけたわ。察するに、あなたはとっても真面目なのね。見た感じも固いし」

塔子は不躾《ぶしつけ》な視線で私を眺め回した。何が言いたいのかと、私は訝《いぶか》った。

「あなた、文章書くの、好きでしょう？」

私は思わず返事をしてしまった。

「嫌いじゃないけど……」

「そうでしょう！」

彼女は我が意を得たり、という風に微笑んだ。

「そういう人って少ないのよね。国文科なんて言ったってさ、大半は本なんかあんまり読もうとしない人たちでしょう？　情けないったら……」

私は頷《うなず》いていた。

「実はね、私、一年前から同好会を作っているの。でも、なかなか人が集まらなくって、色々な人に声かけてるの。もし良かったら、あなたにも入ってもらえないかと思って」

なるほど、と私は納得した。どんな同好会なのかと私は尋ねた。

「文芸批評同好会よ。小説、ドラマ、広告、演劇、ありとあらゆる現代の物を、痛烈に批評するの」

塔子はクスリと笑い、鼻の頭に一瞬小皺《こじわ》を作った。

「何でもかんでもやり玉に挙げちゃうのよ。それはスカッとするわよぅ。批判して批判して、しまくっちゃうの。一から何かを作るよりは、ずーっと楽よ。保証するわ」

心の中に、その時一陣の風のような悪戯心が過《よ》ぎった。

……そうね、面白いかもしれない。私は、返事した。

「いいわよ、詳しく聞かせて。そこ、どこにあるの？」

塔子はキャッキャッと手を叩いて喜び、立ち上がった。その目の輝きを、私はその後ずっと長い間、覚えていた。

「わあっ！　嬉しい！　話せる！　……じゃあそこへ行きましょう！」

塔子に連れられて行った同好会の部屋は、私が想像していた物とはほど遠いものだった。今年になってクラブの数が増え、はみ出したクラブの為に建てられた小さなプレハブ、その一番奥の、特別小さくて殺風景な部屋だった。

中に案内された。部屋は変形した五角形だった。会議の時に使う細長いスティールの机と、パイプ机が置かれ、壁には小さな壁掛けの扇風機がぶんぶんと唸《うな》っていた。反対側の壁には粗大ゴミの日に拾ってきたような、かなり古ぼけた本棚が一つあった。その中には太宰や芥川などの文庫本と、薄っぺらいノートが何冊か立て掛けてあった。二人の女子大生が椅子に掛けており、床の上で木材を組み立てているもう一人の学生がいた。

どうやら、作っているのは小さなベンチだった。

塔子は私にパイプ椅子を広げて勧め、私は三人に簡単な自己紹介をした。椅子に座っていたショートボブの髪型の子が言った。

「あなた知ってるわ。私も国文科の三年よ。あなたっていつも一番前の席に腰かけて、先生の話に頷いていたじゃない？　……優等生って感じで近づき難かったわ」

私は何と答えて良いか分からず、照れ笑いをしてごまかした。

その子は坪井直子《なおこ》と言った。もう一人が、やはり同じ科の高村あかねだった。彼女はカラカラとよく笑い、皆の相槌《あいづち》をまめに打っていた。その時は何とも感じなかったのだが、後になって考えると、どこか作為的な、作ったようなイメージがあることはあった。何か油断ならないものがあるような気がした。そしてベンチを一心不乱に作っていたのが近藤玲子《れいこ》だった。顎が上がっていてつんとした感じだが、頬はふっくらとして丸く、着ている物はお嬢様風な、いささか少女趣味っぽい、それでいて野暮ったいツイードのワンピースだった。この時はぶっきらぼうに、「あたし、近藤玲子。宜しくね」とだけ言ってトントンとベンチ作りに熱中していた。

既に二冊出したという会報誌を見せてもらった。それは予想に反してなかなか立派な物であった。その後、塔子の買ってきた缶コーヒーで私たちは入部の乾杯をした。そして玲子の作ったベンチに座って皆で記念写真を撮ろうとしたのだが、撮影寸前にベンチは物の見事に崩れ落ちた。

私は翌日から同好会の部屋へ足繁く通うことになった。講義と講義の間の空き時間とか、昼休みとか、時間は結構あるものである。同好会のメンバーも、それぞれ集まって来ては何をするでもなく、世間話に花を咲かせていた。そこに交じって世間話をしているうちに、やがて彼女らにも親しみが湧いてきた。次第にそれぞれの性格や趣味、そして家庭環境なども分かってきた。


まず玲子。彼女は真っ直ぐで素直な性格ではあるのだが、余りにも安直に自己主張しすぎる嫌いがあって、皆に反発を買っていた。

しかし当の玲子は他の人の反発にさえ気づかないでいた。書くものは古典の評論だったが、それも安易に流れ過ぎ、一本調子でつまらなかった。玲子は自分に絶大な自信を持ち、寸分たりとも自分を疑わなかった。

直子は、このメンバーの中では一番普通に近い人間だった。環境も考えも、平凡の一言に尽きる人間だった。そんな彼女の書く広告批評はだが意外にも面白かった。彼女の意識の中に、何でも面白がってやろうという野次馬根性があるらしかった。

そして、あかねだが……、この人物は何か少し違った種類の人間だった。あかねは文章を書かない。書かないでただいるだけなのである。何故いるのか、と言えば、あかねは塔子の親友だから、という理由らしかった。塔子はこの会の主宰者、言い換えれば女王のような存在だった。

彼女は一人でこの会の実権を握っていた。その忠実な家来、あるいはしもべのような存在だった。あかねは部屋の隅に座って皆が駄弁《だべ》るのを聞いている。そして真っ先に相槌を打ったり、差し障りのない感想を挟んだり、ジョークに大声で笑ったり、ムードメーカーを装っていた。あかねは決して誰の意見にも逆らわなかった。しかし、時折他人を見る目の中に、氷のように冷たい物があるのを私は見逃さなかった。彼女の言動がいかに取って付けたものであるかを、私は感じるようになっていた。

さて塔子であるが、彼女は私が今まで会ったことのないタイプの人だった。どう言えばいいのだろうか。悪い表現を使えば、食わせ者、とでも言うような。例えば、他人には素直で心優しい自分というものを、一枚のカードの表を見せるように見せていく。しかし一方でその裏には、強気、陰湿という別の顔があった。裏の面を時々チラチラと相手に見せて、強引に自分に従わせる。そんな場面を私は度々見かけた。そして決して他人に素顔を見せない。塔子には理解を拒否するような感じがあった。私たちは皆どこかで彼女を敬遠していた。しかしそんな塔子も、書く物は現代日本文学論であり、会報誌に載ったものはなかなか立派なものだった。

私は会報誌に載せるために白樺派の評論を書いた。もう現代では人気のない分野であり、資料もそう多くない。人が興味を持たない分だけ、何を書いてもいいかなという気がしていた。

本当は何か事件を扱ったノンフィクションを書きたいと思っていた。だが、なかなか踏み出す気にはなれなかった。しかし、このような部にいるからにはそうばかりも言っていられない。とにかく一歩踏み出してみようと思った。

その題材を、私は豊田《とよた》商事事件に求めた。あの、テレビで実況中継されたかのような残酷な殺され方をした、豊田商事事件の永野一男《かずお》事件である。

私はあの事件をテレビで目にした時の衝撃が未だに忘れられない。マンションの中に、永野一男が籠もっていた。報道陣はドアの前に溜まっている。そこを、二人の日本刀を持った男が窓を打ち壊して乗り込んで行く。悲鳴、怒声が中で飛び交っている。ややあって、入っていった二人が出て来る。二人は手に血塗《ちまみ》れの日本刀を持っている。

「今、永野を殺った。警察に通報しろ」と。慌てて報道陣の一人が走って行く。パトカーと救急車が到着し、中から血だらけの、虫の息になった永野が運び出されて行った……。

テレビは何度も何度もそれを繰り返し映し出した。

どうして誰も助けないのか。何故指をくわえて見ているのか。その後、報道されたものを読んで、事件のほぼ全貌が分かった。私が少女の頃に目撃した、衝撃的な映像がずっと心の奥にあった。何故あのような死に方をしなければならなかったのか。あの人は、何を間違って生きてしまったのか……。いつかこの事件を調べ、何かを書いてみたいと、私は密かに思っていた。

まもなく私は、この事件の資料を集め始めた。時折都の図書館に足を運び、永野に関する資料を片っ端から調べ始めた。

ある日、図書館で塔子と出会った。塔子は一般資料室で、本を探していた。彼女はいつものルーズな服ではなかった。紺のスーツという出で立ちに私は目を疑った。

「何してるの？　……本を借りに来たの？」

塔子も目を丸くして私にそう聞いた。

「いいえ、……ちょっと。……資料探し……」

「日本文学の？」

私は首を振ってちょっと笑った。出ましょうと塔子は言い、私たちは書庫を後にした。

図書館のすぐそばの公園で、私たちはベンチに腰かけた。すぐに塔子は、あんた何秘密のことやってんの？　と馴れ馴れしい口調で尋ねてきた。私は仕方なく、永野に関する資料を集めているのだと打ち明けた。


聞き終えた後で、塔子はふーっと溜息をついて遠くを見た。

「へーっ、そうなの……。豊田商事事件ねぇ。……そう言えば私も記憶があるわ……」

思いを馳せるように目を遠くに漂わせ、塔子は続けた。

「でも、よりによって何でそんな事件に注目しているわけ？」

私は考えに考えながら言った。

「三十二歳にして従業員七千人、百の会社を持ち二千億円を集めた詐欺商法の、その本当の意味を、本当の気持ちを知りたいのよ。金に取り憑かれた訳を。時代とか生い立ちじゃない、何か人間の本質的なものが永野を狂気に走らせたんだと思うの。……うまく言えないんだけど」

塔子は顔を膨らませて考えていたが、ふっと表情を緩ませ、弾けるように笑い出した。笑いが収まって塔子は言った。

「何言ってるの。人間の本質的なものなんて、一体何を指して言ってるのよ。誰だって金儲《かねもう》けしたいとか、贅沢な暮らししたいって思うわよ。でもそれだって程度問題じゃない。人騙《だま》してまでやりたいなんて、誰だって思いやしないわよ。そいつはね、心のバランスが狂ってるのよ。人の道を踏み外したどうにもならない奴なんじゃない。問題外だわよ」

言われてみると、返す言葉がない。

「でもねぇ……」

私は言い返したかった。

「資料を集めりゃあ、別の面が見えて来ると思うのよ。絶対に……」

「そうかしら」

けろりとして塔子は言った。

「あなたはあの異常な殺され方に同情してるだけじゃないの？　……でもね、それは危険だよ。確かにあの場面では永野は被害者よ。でも画面に見えてない、お年寄りの被害者がわんさといるわけでしょ？　……それこそ胸を掻きむしられるような思いしている人たちがごまんと。そっちの方もしっかり調べないと、片手落ちなんじゃない？」

全くその通りだった。

「……うん、そうかもね……」

私は口をつぐんだ。


図書館から散歩がてら、駅まで向かった。図書館から駅までは約十分。道幅の広い道が、真っ直ぐに駅まで伸びている。私はかねがね疑問に思っていたことを口にした。

「ねぇ、同好会の会報誌作るのにどれくらいかかっているの？　学校から予算出てるの？」

見せてもらった部誌も、書店に並べても見劣りのしない立派なものだった。百ページはあり、装丁も上質の紙で、洒落《しゃれ》ていた。全く、勿体《もったい》ないくらいの本だった。一体、どのくらいかかっているのだろう？

「何言ってるの？　大学からの予算なんてね、一年間にたった三万円。これっぽっちよ。合評会三回やりゃあ、消えちゃうでしょ。本を作るお金はね、別の所から出ているの」

塔子は飄々《ひょうひょう》と言った。

「どこから……？　いったい」

私は興味をひかれて聞いた。塔子は思案に暮れていたが口を開いた。

「あのねぇー、皆には私がスポンサーを集めてきて、お金を出してもらって作ってると思ってるわけよ。でもね、じゃあスポンサーの広告を一体どこに載せてるって言うの？　あの本には広告なんて一切載せてないでしょ？」

通りを歩く学生や車の音で塔子の声は遮られ、聞きづらかった。

塔子は立ち止まり、辺りを見回すと「どこかに入って話しようか？」と提案した。


大通りに面し、こぢんまりした二階建ての喫茶店で私たちは向かい合った。この話は絶対秘密にしてよと前置きして、塔子は話し始めた。

「私にはね、離婚した両親がいるの。中学の時二人は別れたわ。当然私が自分の方につくだろうと思っていた母はね、私が父について行くと言ったことにショックを受けたの。いえ、私はね、母親が嫌いだったわけじゃないのよ。私はね、東京を離れるのが嫌だったの。母について行ったら、山梨に住まなきゃならないのよ。東京を離れるなんて絶対に嫌だった。……そりゃあ、母はかなりのショックだったらしいわよ。でもねぇ……、父について行ったら……、父も寂しかったんでしょうねぇ。一年でもう別の人と再婚するって言うのよ。私、その人と暮らすのなんか嫌よ。……で、高校一年の時家を出たの。父にはお金を送ってもらって……。で、それからずーっと一人暮らし。父は若い人と再婚して、子供も出来て今は幸せに暮らしているわ。……母は山梨の実家に戻ってね、母の実家は色々手広く商売をやっているから、その中のお店の一つを任されて、それなりに忙しく暮らしていた。……でも、私はもうすっかり母とは心が離れちゃって、それきり。……で、ね……。母が一昨年亡くなったのよ。何でも敗血症っていう病気でね。うん、急だった。それで私が母の遺産を貰うことになったのよ。まぁそう多くない額なんだけど……」

「で、つまり、それをそのまんま本を作るのに使っちゃってるってわけ？」

私は尋ねた。

「違うわよ！　幾ら何でも、そんなバカなことしないわ。遺産をね、お婆ちゃんが管理してくれているの。財テクのプロなのよ、その人。でね、利益だけをね、一年に一度通帳に振り込んでくれるの。その一部なのよ、本を作るお金は。……これ、絶対に内緒よ」

思いがけない話に私は驚き、呆れた。

「あなた、本当にそれでいいの？　安くないんでしょ。そんな大金を、本なんかに使っちゃっていいの？」

「いいのよぉ」

抜けるような明るい声で、塔子は言った。

「どうせ道楽なんだし。私一人の力では本なんか書けないんだもん。皆の書いたの集めれば本になるけど。……何にしても幼稚だけどさ、それはそれなりの記録じゃん。いつまでも残るわけよ。それなら使っちゃっていいんじゃない？　私がそう思うんだからさー」

塔子は楽観的に微笑んだ。

「でもぉ……」

私は腕組みして考え込んだ。

「本当におぶさっちゃっていいのかしら？　他の人はどうしてお金の出所を追及しないのかしらね」

塔子は上を向いてケラケラと笑った。

「皆、おっとりしてて、のんびり屋で……。極楽とんぼなのよ。本当に……」

私は溜息をついた。聞いてしまって良かったのだろうか……？

「絶対誰にも言わないでよ」

塔子は別れ際に口に人差し指を当てて、駅前の混雑した人混みの中に紛れ込んでしまった。


とは言え、気にならない訳はなかった。

印刷屋に私は本を持ち込み、部数を告げ、見積もりを作ってもらった。約五十万かかるだろうという事だった。予想を上回る金額に私はたじろいだ。そんな大金を塔子一人の懐に頼っていいのか、こんなゆゆしき問題を、どうして誰も口にしないのか。

同好会の部屋で皆が楽しく話をしている時に、私はこのことを皆に投げかけたくてうずうずしていた。だが、塔子と約束した限り、喋ることはできなかった。

同好会でのこのところの話題は、玲子が家を出て、一人暮らしを始めたことだった。玲子の母が近頃病気がちなので、今まで別に暮らしていた兄夫婦が家に入ることになったのだと言う。小さな子もいるし、気詰まりだからという理由で、玲子は一人暮らしを始めると言う。何でも、大学の近くの、若夫婦が住むような２ＤＫのマンションらしい。

「どうしてオートロックのマンションにしなかったの？」

直子が玲子を問い詰めている。

「そういう所って、閉鎖的な人ばかり住む気がしない？　隣の人と行き来できる普通のマンションがいいなと思ってさ」

「で、２ＤＫってわけ？」

「うん」

「もう引っ越しは済んだの？」

私は尋ねた。

「ええ、もうすっかり。いつでも遊びに来てね」

玲子は屈託のない声で言った。直子が話し始めた。

「あたし、もうお邪魔したんですよー。それが、ロマンチックな部屋なんですよ。ピンクの花柄の壁紙にピンクのクッション。白いタンスに白いソファー……」

皆興味引かれて直子の話を聞いていた。


それから二週間たった頃だろうか。私が部室へ入っていくと、奥の方にマットを敷いて、クッションを枕に玲子が横になっていた。部屋には他に誰もいなかった。

「どうしたの？」よく見ると玲子はアイマスクをしていた。

「ここ二、三日ろくに眠れてないの」

アイマスクを取った玲子の目は真っ赤だった。

「どうして？」

「いたずら電話が一晩中鳴り続けるのよ」

聞けば、一時間に十回以上電話が鳴り続けると言う。

「着信拒否は？」

「でも何日か経つとまたなのよ。繰り返し繰り返し、キリがないの」

私は電話番号を変更したらどうかと言った。

「ええ、やっと昨日それに気づいて頼んだのよ。気づくのが遅かったわ」

玲子は横たわったままでいた。

「どうせいたずらでしょう？　そういうのって多いんだから」

「でもどうしてうちにだけ集中するんでしょうね。何か恨みでもあるのかしら？」

「まさか。玲子さんが一体誰に恨まれるっていうの？」

私は半分笑いながら言った。玲子はじっと黙っていたが、やがて口を開いた。

「実はね、それだけじゃないのよ。……佐和子さんだから言うけど」


私と玲子は次の講義をサボって、玲子のマンションに向かった。広い通りから一本奥に入った路地裏の新しい低層マンションだった。

「あら、いい感じね」

私は呟《つぶや》いた。一階のロビーの陰に、住居者用ポストが並んでいる。ポストはどこも専用鍵がかかっている。玲子は指さした。

「これが私のポスト。まだ鍵をつけてないんだけど」

蓋をスッと上に開けてみせた。私は驚いた。中には握りこぶし二つ分はある石が押し込まれていた。

「なに、これ？」

「もう五日間も毎日入ってるのよ。出しても出しても、似たようなものが……」

「何で鍵をつけないのよ」

「うん……、単なるいたずらなのか、そうじゃないのか見極めてやろうと思って」

玲子は石を取り出しにかかった。しかし石の凸凹が蓋に引っかかって、なかなか取り出せない。石を中でゴロゴロと転がして、出しやすくしてみる。何分かかかってようやく石を取り出した。

「管理人さんには言ったの？」

玲子は首を振った。

「だって……。そんなことされるあなたの方に問題がある、なんて言われたら、言い返せない。出て行ってくれ、なんて言われたら……」

玲子は心細い顔をした。

「そんなことは言わないと思うよ、多分……」

「分からないわよ」

二人で石を中庭に捨てに行った。

「単なるいたずらだといいけど……」

「うん……」

「誰か心当たりはない？　こんなことするような人の……」

玲子は首の体操のように首をぐるぐる回して考えていた。

「ないと思う。……でも……」

「でも……？」

玲子は私の方を厳しい目で見た。

「同好会で、私、誰かに恨まれている、ってことないよね？」

私はドキリとした。そんなこと、一度だって考えたことがなかったからだ。

「まさか……」

二人して口をつぐんでしまった。

「そうよね、考えすぎよね」

玲子が嫌な考えを打ち消すように、明るい声を出した。

それから三日後のことだった。部室には玲子と塔子とあかね、そして私がいた。私たちは一つのティーバッグを回して紅茶を入れ飲んでいた。だが、玲子は机の端で、宿題のレポート書きに熱中していた。私たちは玲子に遠慮などせず、大声で語り笑い合っていた。玲子は立ち上がった。

「やっぱり図書館でするわ」

そう言って机の上のものを片付け始めた。

「あら、ごめんなさい。大声でしゃべっちゃって。邪魔しちゃったわね」

塔子が言った。それはずいぶんわざとらしい声だった。

テレビでこんな声を出す女優を見たことがあったと私は思った。玲子は別に気にする風でなく、平然と物を抱えて部屋を出て行った。

玲子が出て行った後、塔子とあかねは互いに顔を見合わせ、一瞬ちょっとした目くばせをした。私はおやっと思った。

「さぁー、私たちもそろそろ行こうかぁー」

「そうね」

「え？　でも、次の授業はないはずじゃ」

私は思わず聞き返していた。塔子が笑顔で言った。

「アルバイトの面接があるのよ」

アルバイトの面接……？　そんなの聞いたことなかったわ。私は首を傾げた。

それから一時間ほどして、私はまだ部室にいた。宿題の英作文をしていたのだ。タッタッ……という音が聞こえ、いきなりドアが開いたかと思うと、玲子が入って来た。血相を変えている。

「ねぇ、佐和子さん、聞いてよ」

玲子の話によると、彼女は図書館でレポートを書いていたと言う。三十分くらい没頭していたが、終わったのでレポートをそのままにして、書庫から借りて来た本を返しに席を立ったと言う。玲子が本を返して戻ってくるとそこにもうレポートはなかったのだそうだ。「忽《こつ》然《ぜん》と消えてしまったのよ。まるで神隠しみたいに」

「まさか……。下にでも落ちていたんじゃない？」

「私だってそう思って床を探したわよ。その辺り一帯。風に飛ばされたのかと思って、あたりも探してみた。……でも、なかったの」

玲子は図書館の司書に頼んで、館内にいた人全部に呼びかけてもらったそうだ。レポートが落ちていないかと。だが、レポートは出て来なかった。

「バッグの中も全部出してみた。でも、……なかったわ……」

玲子は肩を落とした。私は考え込んでいた。

「おかしいわねぇ……。つまり、盗まれたってこと？」

玲子はおどおどした目で私を見た。

彼女は何か言おうとしたが、言葉にならなかった。私たちは黙りこくり、考えを巡らせていた。しかし、行き当たるのはたった一つの思いだけだった。玲子が口を開いた。

「嫌がらせかしら、これも誰かの……」

玲子の表情が緩んで、泣き顔になりかけた。私は慌てて言った。

「分からないわよ、そんなこと。……それよりレポートの方が先でしょう？　提出日は今日までなんでしょ？　先生に事情を話しに行きましょうよ。私が証人になってあげるから」

「うん……」

私は玲子の肩を抱いて、教官室に向かった。

幸い、担当の先生は話の分かる人で、玲子の話を疑うことなく聞いてくれた。

一週間期限を伸ばしてくれることになった。

玲子と別れて私は部室へ戻ってきた。ノートとテキストを部室のテーブルの上に置きっぱなしにしていたからだ。部室に向かう通路で、私はふと、自分の本とノートもなくなっているかもしれない、という思いに捕らわれた。部室の前までやって来ると、聞き慣れない音がした。振り返ると、プレハブから一直線の廊下でつながった古いクラブハウスの方で誰かがシュレッダーを使っているのだった。

古い建物には、学生自治会があり、部屋の前に共有のスペースがある。そこにシュレッダーとコピー機が置いてある。見ると、自治会の役員の一人が古いプリント類をシュレッダーにかけているところだった。

私はその様子に興味を引かれて見た。紙があれよあれよという間に製麺のようになって機械から出てくる。

部室に入って中を見回すと、テーブルの上には私のノートとテキストがきちんと重ねられ、隅に置かれていた。灰皿を見ると、まだ温もりのある吸い殻が一本、くの字の形に曲がって入っていた。

私は突然ある思いに突き動かされ、同好会の部屋を飛び出した。通路の奥のシュレッダーに書類を差し込んでいる人に声をかけてみた。

「ねぇ、さっきまでここに誰かいなかった？」

彼女は不機嫌そうに私を見た。

「えっ、どうして？」

私はシュレッダーの紙くずを漁った。かすかに薄いピンクのレポート用紙が屑の中に見えた。私は屑の中に手を突っ込んでそれを引き上げた。細かい文字が見えた。もしかすると、玲子の字かもしれない。ここにいた人は変な目で私を見た。

「そういえばここに来たとき、ここから離れていく人がいたわ」

「どんな人だった？」

彼女は記憶をたぐり寄せるようにして言った。

「長いスカートで白っぽい服で、髪が長くて、ショルダーバッグ提げてた」

塔子だわ、と私は思った。

「一人だけだった？」

「うん、多分……」

私はシュレッダーで処理されたピンクの紙切れをできるだけ取り分けて、両手にのせた。

「ありがと……、じゃ」

私は部室に戻り、ピンクの紙片をテーブルに置き、まじまじとそれを見つめた。

一片を取り出し、連絡ノートを手元に寄せて、その中の玲子の文字を付き合わせてみた。

……間違いない。玲子の字だ。

犯人は玲子が図書館で席を立った隙を見計らい、レポートを盗み、それを部室へ持って帰り、シュレッダーで八つ裂きにしたのだ。……間違いない。犯人は塔子なのだろうか？　だとしたら、何のために？　石ころも、悪戯電話も、塔子のしたことなのか？

私は丸二日考えた。そして、このことを玲子には秘密にしようと肝に銘じた。だが、玲子に何かあってはならないとも考えた。玲子に電話して、部屋で静かにして余り出歩かないこと、何かあったらすぐ実家か私の所に電話するようにと伝えた。

一方、私は私で塔子が何を考えているか、探ってみようと思ったのである。幸い、と言うか、その後の一週間は玲子の身の上に何も起こらなかった。やはりあれは誰かの気まぐれな悪戯だったのだと確信した頃、私は思いがけない場面に出会ってしまったのである。

それはある日、部室の前で起こった。中に入っていこうとした私が、偶然中から聞こえてくる声に立ち止まってしまった。それは明らかに塔子とあかねの声だった。

二人の口調はいつもとはまるで違っていた。それはお互い、気心の知れた者同士が使う馴れ馴れしさとふてぶてしさに満ちていた。かなり蓮っ葉な言葉遣いだった。聞いている者の胸を悪くするような、何とも言えない嫌な感じがあった。

話の再現は難しいが、大体こんな内容だった。まず、次に出す本について、資金繰りはどうなっているのか。あかねが尋ねると、塔子は、あの婆さんがへまをして、今期は利益を生み出せなかったので、本を作るのはもう少し先延ばしにしたいと言った。あの婆さんとは、塔子の祖母のことだろうかと私は思った。あかねが下卑た笑いをして、塔子はそれを皮切りに同好会の仲間について話し始めた。それは酷い会話だった。私たちは一人一人話のまな板にのせられ、蔑まれ、これ以上はないと思われるレッテルを貼られた。それは、だが、言い得て妙なところがあった。あかねはひたすら煩《うるさ》く耳障りな笑いを発するだけだった。私はドアの前で立ち尽くし、怒りと失望感と訳の分からない苛立ちに体が震え出した。

このドアを開ければ、と私は思った。ドアの向こうには塔子とあかねはいず、薄汚れた狸と狐が話をしているだけなのだと思いたかった。しかしそれは馬鹿げた空想だった。

塔子にかかれば友人の長所は悉《ことごと》く地に落とされた。真面目さは融通の利かない馬鹿正直に。一途さは頭の悪さに。そして玲子はやり玉の最たるものだった。こんな酷い会話を、私は今まで聞いたことがなかった。

ドアの前で引き返そうと迷っている時、足音がして、振り返ると玲子がこちらへ向かって歩いていた。玲子は人形のような茶色のウェーブがかかった髪に、上気した頬をしていた。近づくと、くるくるとした目で私を見た。私は思わず玲子が哀れになった。

「どうしたの？」

私はとっさに言葉も出ず、首を振るばかりだった。

「美味しい洋菓子を見つけたから買って来たの。皆で一緒に食べない？」

玲子は片手に下げた箱を私に見せた。

「ごめんね、また後で」

私は胸がいっぱいになって、部室の通路をがむしゃらに走り去った。


私はその後一週間部室へ足を運ばなかった。その間に一度、玲子から電話があった。私の様子がおかしかったのを玲子は心配していたのである。だが、その理由を話すわけにはいかなかった。悩みながら十日間を過ごした。そしてそのショックが薄らいだ十二日目に、玲子は私の部屋に駆け込んできたのである。

玲子はひどく疲れていた。頬がこけ、着ているものはくたびれていた。いつもの玲子ではないことが明らかだった。表情も虚ろだった。

玲子を部屋に通すと、ぺたりと床に座り込んで、彼女はぼんやりと窓の外を見た。そして、「誰も覗いてないわね？」と言った。

私は窓の側へ行って、カーテンを勢いよく締めた。

「何かあったのね？」

小声でつぶやいて、玲子の前に立った。玲子は何かに怯えているようだった。やがてゆっくり掠《かす》れた声で今まで自分の身に起こったことを話し始めた。


十日前の朝、玲子は出かけようとして部屋のドアを開けた。するとドア一面に白い液体のようなものがかかっていた。異臭がした。どうやらそれは腐った牛乳らしかった。誰かが腐った牛乳をぶちまけたらしかった。牛乳は滴って低い方に流れ、通路の入り口に白い水溜まりを作っていた。玲子は嫌な予感がしたと言う。しかしとりあえずドアを拭き、通路を掃除して出かけたと言う。

翌朝、玲子がドアを開けるとそこにスーパーのゴミ袋一つ分くらいあるゴミがぶち撒かれていた。両隣の人に訳を尋ねてみたが、知らないとのことだった。やむなく一人でゴミを片付け、出かけた。夕方、大学からマンションへ帰る途中、玲子はスーパーで食料の買い出しをしたと言う。

袋を下げ、賑やかな商店街を歩いて行った時、ふいに後ろから来た自転車の少年に下げていたバッグを奪い取られた。自転車はそのまま逃げ、百メートル先の側溝の溝の中にバッグを捨てたと言う。

その夜警察に赴いて疲れ切った玲子に隣の人が会いに来た。夕方、自分の所に電話があって玲子の事を色々聞かれたと言う。玲子は青ざめた。隣人は率直に語ってくれた。それはまったく首を傾げるような内容だった。電話口の人は淡々と玲子のことを語ったと言う。何故関係ない人にそんなことを……。隣人は最後まで聞き続けたと言う。玲子はその話を聞いたが、どこの誰だか分からない人の生い立ちを聞いているようだった。自分とはかかわりのない人生だった。簡単に言うと、非行と犯罪を繰り返し人目を忍んで隠れている人だと。どんな災難が降りかかるか分からないからあなたも気をつけてくださいというまことしやかな忠告だった。とんでもないデマだった。玲子は愕然《がくぜん》とした。はっきりと電話について否定し、真に受けないようにして欲しいと伝えた。

私は呆れかえった。

「誰かと間違えられて、狙われてるんじゃない？」

「そうも考えられるのよね……。でも、隣の人の話だと、電話では私の名前をちゃんと言ってたって言うのよ。ねえ、変なこと聞くけど、こういう事を商売にしてる所ってないの？」

「ええっ？」

思わず聞き返した。

「私を快く思っていない人が誰かに頼んで憂さを晴らすってことが、あるんじゃないかしら？」

思わず笑ってしまった。

「そんなの、聞いたことないわ」

「そうよねぇ、あんまり非現実的よね……」

私は目まぐるしく、様々な考えを巡らせた。

「家の人には知らせたの？」

「父さんが、戻っておいでって」

「でしょうね。お父さんは何か言ってた？」

「お前、どこかの誰かに恨まれてるんじゃないかって」

「……そんなこと、ないでしょう？」

玲子は一瞬凛《りん》とした目で見返した。

「当たり前よ。だって今まで誰とも付き合ったことないもの」

私は自分たちの交友関係と交際範囲を思い返した。そうだろうな、と私は思った。

玲子はそういう方面には無頓着な子だ。プライドは高いがしっかりした子だ。

「ねぇもう一度警察に行こうよ。そんなの犯罪だよ」

玲子はそれはできないとすぐに答えた。

「仕返しが怖いもの。何をされるか分からない。それに……心当たりがあるから」

私はハッとした。

「……」

言葉を継げずに玲子を見た。彼女は黙って頷いた。


玲子は私の勧めで一週間私の部屋にいた。

一日の大半を、ラジオを聴くか、大家さんが飼っている子犬と遊ぶのに費やしていた。

その後、私と玲子の兄と兄嫁とで玲子のマンションから荷物を全部運び出し、実家へ引っ越してしまった。トラック一台分の、ささやかな引っ越しだった。

玲子は子犬と遊んでいるうち徐々に笑顔を取り戻していった。最初は何も食べられなかったが、少しずつ口に入れ、四日目は普通の食事を食べることができるようになっていた。七日目、玲子は元のような笑顔に戻って実家へ帰って行った。自分がされた嫌がらせに関してはとうとう一言も喋らなかった。私は何度かあの塔子とあかねのやりとりが喉元まで出かかったが、それはどうやら言わずに済んだ。玲子は大学を休学し、今後のことはよく考えてみると言う。

「元気でね、いつまでもこんなこと気にしちゃダメよ」

「分かってる」

玲子は私に、

「同好会だけは止めないで。私の事も知らんぷりしていて。佐和子さんが止めれば、嫌がらせした誰かも何か感づいて、今度は佐和子さんが標的になるかもしれない」

と言うのだった。

私は頷いた。私のアパートを出た玲子が、振り返っては立ち止まり、まだ何か言いたそうに何度もこちらに向かって礼をし、次第に遠ざかっていく。私はここ何ヵ月かの間に玲子の身の上に起きたことを思い出しながら、理不尽な思いで胸がいっぱいになった。

玲子が休学したことについて、私は同好会のみんながいる時にさりげなく話したが、誰も関心を示さなかった。

「ふーん」とあかねが言い、「休学ねぇ……」と直子が呟いた。何分かして塔子が、

「やっぱりお嬢様よねぇ。やることが……」

と呆れたように言ったので、皆クスクス笑った。私は怒りを感じ、玲子のことを一部始終話してしまいたい衝動に駆られたが、押しとどめた。塔子やあかねの正体を見届けたいという別の気持ちもあった。


何事もなく時は過ぎて行った。穏やかに、水のように……。

玲子の事件は今となっては、実際に起きたことかと自分でも疑うような、非日常的なことになってしまっていた。塔子もあかねも、あれ以来しっぽを出すことはなかった。ごく普通の、どこにでもいるありきたりの学生として、毎日を送っていた。


春から夏へと季節が変わり、時は過ぎて行ったが、塔子はあれ以来部誌を作ることについては一言も言い出さなかった。その理由を誰も問わなかったが……。私は尋ねようかどうか迷っていた。しかしその理由を、私が聞きださなくても塔子の方から言い出す日が来た。あ

る時、学校からの帰り道、町の中を歩いていた時だった。大通りに面したビルのガラス張りの喫茶店の前を通り過ぎた時に、私は中で談笑している三人の男女をチラリと見てしまった。目を止めたわけではないので、そのまま記憶にも留めず、通り過ぎようとした。その時、ガラスの向こうの人影が動いた。私はおや、と思って立ち止まり、首を返して見たら、何とその人は塔子だった。立ち上がって私に手を振っているのだった。他の二人を見たら、温厚そうな中年男性とあかねだった。あかねは目を伏せて、アイスティーのような物を飲んでいた。私は手を振り直したが、あかねが嫌がっているように見受けられたので、一礼してそのまま歩き出した。

数十メートル行った所で、後ろから呼ぶ声がし、塔子が追いついて来た。塔子は息を弾ませながら、ちょうど良かった、これからどこかで食事しようと話しかけて来た。

私たちは大通りから路地へ入り、古びた小さなお好み焼き屋に入った。広島焼きという初めて見るお好み焼きに戸惑いながら、鉄板の具をひっくり返していると、塔子が話し初めた。

「あなた、あかねのこと、どう思う?」

私は返答に困った。

「どう思うって……」

考えながら、慎重に喋り始めた。

「私たちとはちょっと違う種類の人だと思うわ」

塔子はフッと鼻に抜けるような笑い方をした。

「その通り。ちょっと違うわね」

私はつい思ったことを口にした。

「ところで、さっきの人、あかねさんのお父さん？」

塔子は口の端でニヤリ、として言った。

「まさか。パトロンよ」

私はぎょっとして、塔子を見直した。

「あ、ごめん。大袈裟だった？　……スポンサー？　なんて言ったらいいの……。まぁ、叔父様と言ったらいいのかしら。特殊な仲よ」

「……」

私はその言葉から連想できるあらゆることを一瞬のうちに考えた。私の表情を見ていた塔子が言った。

「……分かった？」

私は軽く頷いた。

「そういう奴なのよ、彼女は」

焼きあがったお好み焼きを何度も口に運びながら、私は塔子の話を黙って聞いていた。

「ホント、あの子は現実的よね。現実をとても大事にしているわ。目に見えるものだけをね」

私は鉄板に生地を流し込み、新しいお好み焼きを作り始めた。

「人に悪い印象を与えない。明るく、感じよく振る舞う。皆の中で上手くやって行く。とにかくそういう事だけはきっちり守ってるのよね。大したもんよ」

塔子が言いたいことは大体分かった。

「ところがね……、裏では野となれ山となれ、なのよ。心の中も行動も……。あの子の心の中覗いてみなさいよ。もう、凄いわよ。とっ散らかってて。あの子の中には純粋なものなんて一つとしてないわよ。世の中、打算が全てだと思ってるんだもん。自分を向上させようなんて気持ち、これっぽっちもないわよ。ただただ見える自分を取り繕っているだけの人間なのよねー」

私は黙っていた。それは何もあかねだけの性格ではない。どこにでもたまに見かける、女性の一パターンだろうと感じていた。

「でも、あかねみたいなのに見事に男は引っかかるんだなー。ホント、真面目な学生から軽っぽい若者、落ち着いたサラリーマンまで。不思議なくらいよ」

そうだろうな、と私は思った。いつか部室の外で聞いた塔子とあかねの会話は、あかねの本性をよく表していた。

あれがなかったら、私は今でもあかねを平凡でおとなしい学生の一人と信じて疑わなかっただろう。しかし塔子だって同じではないのか。あなただって同じでしょう、と私は思わず口に出しそうになった。

「あかねはいつも自分を演じてるのよ。良家の子女風にさ。……でも、仕方ないわよ」

塔子は焼けたお好み焼きを次々とへらで切り、ひょいとすくって小皿にのせた。

「何が仕方ないの？」

私は本心を押し殺して尋ねた。

「あかねみたいな子は、自分で生きてくだけの能力も才能もないんだもの。自分で分かってるのよ。だから男とか親に頼って生きていく為に、そういう人たちから好かれる自分ってのをいつも作って、演じてるのよ。……いじらしいものね。まぁ、うちのクラスの人たちも、皆同じ、似たもの同士なんじゃない？　自分で生きてくつもりなんかない、寄生虫みたいな奴らばっかりなんだから……」

私はもはや食欲をなくして、焼き終えたものを皿に移した。

「だからね、そういう人たちは本当にやる気のある人を見ると、嫉妬に駆られて足引っ張ろうとするのよ。私は我慢していい子やってるのに、あんたなんかに何ができるんだ、ってね」

私は自然と溜息が出た。

「……そうかなぁ……」

私は我慢しきれなくなって、口に出した。

「塔子、あなたはどうなのよ。自分があかねと同じでないって、言い切れるの？」

そのきつい言い方に、塔子はたじろがなかった。

「あら、私は違うわよ。私はあいつなんかと同類じゃない。だって、私には才能も財産もあるもの」

そのきっぱりとした言い方は、不思議と嫌な感じがしなかった。

「才能と財産……？」

塔子はそれ以上は語らず、目の前のお好み焼きを頬張っていた。

店を出て大通りへ戻って来た頃には、日は陰り始め、足もとを、掬い上げるような騒がしく冷たい風が辺りを吹き荒らしていた。バッグに忍ばせたカーディガンを出して羽織り、バスターミナル付近まで来た時だった。塔子が冗談のような口調で話しかけてきた。

「ね、私、部誌を止めてしまおうと思ってたのよ」

「え？」

突然の話に、私はよく意味が解らずにいた。塔子はいきなり腕を絡めて、体を擦り寄せてきた。

「だってさー、玲子は抜けちゃったし、他にろくなもの書く人いないじゃない？　ねぇあんた、永野の原稿、どれくらい進んでる？　それ出来上がったら本にしようか」

私は度肝を抜かれた。

「ちょっと……、どうしてそうなるのよ！」

塔子は顔を近づけて、囁《ささや》いた。

「本気よ！　考えてみて！　あなたの原稿が出来たら本を出すから」

そして体を離すと、バッグを振り回して私の肩に叩きつけ、悪戯っぽい笑顔になって走り去った。

「バーイ！　じゃね！」

あっという間に、塔子はバスターミナルの人混みの中へ消えて行った。

私はいつまでもその場に立ち尽くしていた。塔子に聞いた話が頭の中で鳴り響いていた。

長い夏休みが始まっていた。

ある日私のアパートに手紙が届いた。塔子からの手紙だった。

「ハロー、何をしていますか？　この間私が言ったこと、よく考えてくれましたか？　私はあなたの才能を、あなたが思うよりずっと買っています。あなたの書くものを理解し、育てたいと思っています。私をトレーナーに立候補させてください。ついてはこの夏あなたが原稿書きに没頭できるように、ある避暑地の別荘を提供したいと思っています。一ヵ月か二ヵ月、素晴らしい環境で、私と共に原稿書きに励みませんか？　そこは私の所有している、森の奥の古い洋館です。実は、今そこから手紙を書いているのです。先週の金曜日にここに着きました。丸一年ここを留守にしていたので、お化け屋敷のようでしたが、毎日掃除して人が住めるくらいにきれいにしました。良かったら連絡下さい。尚、ここには私と若い男性が一人います。と言っても、恋人ではありません。夏の間ここを守ってくれる、町のサーフショップの経営者の息子さんです。良い返事待ってます。じゃあね。塔子」

二章　別荘の休暇

地図と時刻表、最小限の着替えとノートを持って別荘へ向かったのは、その次の週だった。

避暑地と書いてあるから、人が多くて賑わっている町を想像していたが、とんでもなかった。電車とバスを乗り継ぎ、教えられたバス停で降りると、あたりは民家がポツポツと立ち、ひっそりした田園がどこまでも続いていた。その景色の中を、川が清らかな流れを見せていた。とりあえず川の上流上流へと目星をつけて、私は歩いて行った。人家は途切れ、鬱《うっ》蒼《そう》とした林の中で次第に私は心細くなり始めた。行けども行けどもそれらしい建物は見えない。日は陰り始め、湿った空気が木の葉を重く揺らし、私の心も沈んできた。

林の中に入ってから十分くらい経った頃だろうか。木々の群れが密になり、不自然に濃い固まりになって見えてきた。立ち止まってよく見ると、その中に二階建ての家があるのが分かった。

直感で分かった。間違いない。私は疲れも忘れて駆け出して行った。

近づいて行くと、二階の窓から誰かが手を振っていた。長い髪に白い服……、塔子だった。

「いらっしゃい！　よく来たねぇ……」

塔子の声は弾んでいた。

洋館は木々に守られるように建ち、枝が邪魔してどこからもその全貌を見るのは不可能だった。塔子は私を出迎えると満面の笑みで無言のまま家の中を案内してくれた。

外観は古ぼけていたが、中はきれいで新しかった。何年か前に改装したと言う。一階は広々とした木の床の居間がその大部分の面積を占めていた。居間は四角いボックスのような、四畳くらいの台所をぐるりと取り囲んでいた。そこは台所というより、レストランの厨房と言った感じの洒落た造りになっていた。そして南側には、畳を同じ方向に敷き詰めた和室があった。居間は東と北に面している。家の西側を、川が音をたてて流れていた。私が目印にして歩いてきたあの、流れだった。川は少し勾配がついているようだった。その川に面して、踊り場を少し大きくしたような板張りの素っ気ない部屋があった。南側が浴室だった。居間のらせん階段を上がって行くと、二階に着く。二階は全部で五室あり、廊下を挟んで西側に三つ、東側に二つあった。西側の三つが客用らしい。階段を上がってすぐの部屋を塔子が使っていた。

塔子の部屋は広かった。十二畳はありそうだった。あと二つは八畳くらいだったが、充分すぎる広さだった。一番奥の部屋は、塔子の手紙にあった、サーフショップの息子さんと言う人が使っているらしかった。ドアを開けて、塔子が部屋の中を見せてくれた。

若い男の人が使っているらしい、雑然とした部屋だった。壁に寄せられたベッド、釣りの道具やサーフボード、ポータブルテレビやオーディオプレーヤーが並んでいた。

廊下を挟んだ向かい側の部屋へ招き入れられた私は驚きで声を呑んだ。

そこは倉庫化していた。作り付けの棚には壺や皿、ランプ、ありとあらゆる変わった美術品が並んでいた。絵画や書画も専用の棚に並んで埃《ほこり》を被っている。私は部屋の中を見回した。まるでアラビアンナイトの洞窟だ。しかし、これは一つ残らず値打ちのある骨董品《こっとうひん》だと言うのだろうか？

私の様子を見て、塔子が察して言った。

「大丈夫、そんな大した代物じゃないから。これはね、おじいちゃんの道楽なのよ。誰も継ぐ人がいなくってここにこうしてあるの。別に緊張しなくっていいのよ。処分したけりゃ骨董屋呼んで引き取ってもらえばいいんだし、いらないならこの家ごと火をつけちゃえば、それでお終いなのよ」

「やめてよ、そんなこと」

私は慌てて言った。塔子ならもしかするとそんな事もやりかねない。

「するわけないでしょ。冗談よ、冗談」

そう言って塔子は部屋のドアを閉め、鍵をかけた。隣にある小さな部屋は、開かずの間だと、塔子は説明した。

「一年前にドアが急に開かなくなったのよ。きっとドアの立て付けがもともと悪かったんだろうけれど」


一階の居間にある大きな造りのテーブルで、私たちは日本茶を飲んだ。

「どう？　いい家でしょ？」

私はまだ戸惑っていた。

「あばら家を想像していたのよ。でも、これじゃセレブの家じゃない……」

私はもう一度周りを見て溜息をついた。

「よくこんな場所にこんな家が建てられたわね」

塔子はカラカラと乾いた声で笑った。

「何言ってるの、今の時代、どんな所にでも、どんなものだって建てられるわよ……。でも、この建物の外観からは、中は想像できないでしょう？」

私は素直に頷いた。

「あなた、二階の真ん中の部屋を使いなさいよ。そこは原稿を書くだけにして、普段はここの部屋へ来てなさいよ。……こういう広い家はね、集まってないとにかく孤独なのよ」

そうだろうな、と私は思った。

「一緒に住んでる人って、どんな人なの？　恋人じゃないって言ってたけど、ここに二人で住んでたんでしょう？　どんな関係なの？」

「あー、そんなこと気にしてたの。ふふん、心配しないで。彼はね、そういう人じゃないの。全然俗っぽくない人なのよ。例えば……そうねぇ、何年も修行を積んだ高僧みたいな人なの」

彼は古田修《おさむ》と言って、彼の母親と塔子の母親が友人同士だったと言う。

「でも、本当に何も関係なくって一緒に生活できるもんなの？」

「しつこいわねぇ、あなたも。会ってみりゃあ分かるわよ」

修という彼は、朝八時にここを出て、約三十分かけて父親の経営するサーフショップに着き、一日働いて夕方六時にはここへ戻ると言う。


その日の夕方、帰って来た本人を見て私は（はぁん）と思った。中肉中背だが、体つきは固く引き締まっている。髪はやや長めで無造作に掻きあげられ、それが自然なのか、赤茶けていた。どこから見ても今風の若者で海好き、という雰囲気だったが、それにしても、面と向かってみるとまた印象が違っていた。

「こちら、飯野佐和子さん」

塔子はそう言って私たちを引き合わせた。彼は私をまっすぐに見て、微笑んだ。

「古田です、宜しく」

彼は右手を差し出して握手を求めてきた。つられて私も右手を出して握手したが、間近で見る彼は颯爽《さっそう》とした大人の男性、という感じがした。


さっそく、私たちの合宿は翌日から始まった。

一緒に朝食を摂り、あれこれ身の回りの家事をやっていた塔子は、午前十時になると、私を自分の部屋へ呼んだ。

塔子は机に向かっていたが、私が入って行くと振り向き、そこに座って、と部屋の中央にある座卓を指さした。座卓の上にはファイルが二冊と、かさばった資料のような物が積み上げてあった。

「何？　これ……？」

塔子もそこへやって来た。

「これ、私が探した永野に関する資料よ」

塔子は一冊のファイルを取って私に示した。受け取って中をパラパラと見た私の顔が、ちょっと引き攣《つ》った。それは区の図書館にもなかった資料で、これは別の所から取り寄せなければ手に入らない資料だった。しかし、それを私は怠っていたのだった。

「それ、国立国会図書館で調べたのよ」

やられた、と私は思った。

「そこまでしなくちゃね、最低でも。……ところで、取材はしたの？」

私は首を振った。

「そこまでは……」

塔子は私を厳しい目で見た。

「しなきゃ駄目よ。せめて十人は話を聞かなきゃ。……その人たちの話がどこにも登場しなくっても、あなたが時間をかけて被害者に会う事で、あなたの気持ちのどこかが変わるかもしれないんだから」

私は黙って、頷いた。

「……そうね……」

塔子は笑った。

「いやーだ、あなたってどうしてそんなに素直なの？　もっと反発して来ると思ったら……。張り合いがないわ」

素直などと言われて、私は面食らった。

「まぁいいわ。ところで、その資料を読んで、あなたが書いた今までの文をもう一度練り直しなさい。いわば、ストーリーの概要ね、それを考えなさい。どういう思いで書いたのか。どんな展開にするのか、何を狙うのか……。それを纏《まと》めて、昼までに私の所へ持って来なさい」

「え？」

「何言ってるのよ、あなたその為にここに来たんでしょう？　いい？　私はトレーナーよ。

どんなに厳しくても私について来るのよ」

私はポカンとした。

「何アホみたいな顔してるの？　……徹底的に叩き直してやるわ。あなたの甘ちゃんを、鍛え直してやるわ」

私はファイルを渡され、自分の部屋へ追い返された。ドアを閉められる前に、私は慌てて尋ねた。

「あ、ちょっと待って。テーブルの上に残ってる、あれ、何？」

私はテーブルの上の資料を指して言った。

「あ、あれ？　……うん、別の事件の資料。あなたに書いてもらおうと思ってね、いわば課題よ」

「あ、そう……」

私はドアの外に押し出され、ドアを閉められた。

二時間かかって書いた筋書きと、コンセプトは塔子によってこき下ろされた。塔子は私の書いたものの逆説を並べ立てた。それもまた可、というところであった。私は自分の考えた物に、まったく根拠がない事に気づき、愕然とした。

午後からもそれは続いた。また新しい筋を考えても、塔子は別の理屈を持ってきてそれを打ち砕いてくる。私は考え込んでしまった。

「何であなたはそうなのよっ！」

塔子がイライラした声を上げた。

「いちいち人から言われた事を気にして考え込んでいたら、自分がなくなってしまうでしょ？　考え込まないで、自分らしさを出していきなさいよ。別の物を考えてそれを主張するの。あなたは押しが弱いわね！」

「そう言われても……」

その後私たちはディスカッションした。一つの資料に対する別の見方を徹底的に話し合った。夕方になり、塔子は叫んだ。

「今日はこれで終わりっ！　明日まで宿題出すからねっ」

塔子はテーブルの上の資料をごっそりと手に取り、それを私に手渡した。

「……何？　これ……」

「明日の朝までにこれを読んで、どういう骨組みで書くか、考えてみなさい。明日の朝十時締切、分かったわね？」

「えーっ」

私は閉口した。だが、それをやってみるのも面白いかもという気になった。私はその夜遅くまでかかって資料を読み、概要をまとめた。

翌日十時に、出来上がったものを塔子に見せた。塔子は一読して吹きだした。

「何ーこれ、前のとそっくりじゃない。……駄目よ、こんなの」

さすがに私はムカムカした。

「どこが同じだって言うのよ。全然違うじゃない。よく読んでよ！」

塔子は更に声高に言った。

「オンナジよ！」

「ひっぱたくわよ！」

塔子は真面目な顔に戻って言った。

「あなたはねぇ、自分っていうものを疑ってなくて、そのまま丸出しにしてるわけよ。だから文章にそれが全部出ちゃうの。お人好しな所、間抜けな所、オセンチな所。そういうのはただの陶酔屋よ。ノンフィクションを書くなら、少しは自分を疑わなくちゃ駄目なの。あらゆる方向から物の見方ができなくちゃ。でないと安易なセンチメンタリズムに引きずられる。それが一番危ないのよ」

そういうものかな、と私は思った。

「そうかなぁ、自分が出てるかなぁ……」

「そうよ、あなたそのものよ」

そこまで言われれば、さすがに用心しようという気になった。

午後からは塔子の言う「あらゆる方向からの物の見方」についてディスカッションした。

夕方にはほとほと疲れ、喋る気もしなくなった。


そういう調子で一週間が過ぎた。塔子の口ぐせは、「考えなさい！　考えなさい！　頭が割れるほど考えるのよ！」だった。私の出した物全てに難癖をつけ、ひっくり返すようなことを言うのに、驚くほど筋が通っていた。詭弁、というのでもなかった。

塔子は小説や批評を書く方法をどこかで、かなりキチンとしたやり方で学んだのだ、と私は感じるようになっていた。

「ね、どこで習ったの？　そういうこと」

ある時私は尋ねてみた。塔子はいつものフッ、という笑いをして、目を伏せた。言うべきか言わざるべきか、迷っているようでもあった。

「昔の恋人によ」

迷った割にはサラリとした声で塔子は言った。

「へーえ、昔の恋人かぁ……」

私はそれ以上尋ねなかった。


自分の部屋で資料を読みふけり、頭を悩ませている間、塔子は部屋で手芸に熱中しているのが常だった。塔子は非常に珍しい、白刺繍をしていた。白い布に白い刺繍糸で刺繍をして行く。出来上がった布に、刺繍は目立たない。だが、布を動かしてみると、角度によって白い模様ははっきりと浮き出て見える。普通の刺繍とはまた違った味わいがあった。

「どうして白い布にわざわざ白い糸で刺したりするの？」

「……だって、エレガントじゃない……」

「……そういやそうかもねぇ……」

刺繍用の布は、大きな籐《とう》の籠に無造作に十数枚、放り込まれていた。時折薄い水色の布もあった。白い布に、水色の刺繍がされているものもあった。針を動かしている間、塔子はプレーヤーで音楽を聴いていた。

それは不思議な音楽だった。ギターとキーボードだけの演奏だったが、今までに聴いたことのなかったような旋律でもあり、また遠い昔に聴いたことがあったような、懐かしい感じもした。甘く、物悲しく、そのくせ妙に心を落ち着かせてくれる不思議な魅力があった。しかし、私が部屋へ入って行くと、塔子は意識的か無意識的にか、ポン、とその音楽を消してしまう。だから私はその音楽の一部始終を聴いたことはなかった。

私はじっと観察していた。塔子のベッドヘッドの部分に三つのケースがある。その中にMDが順番に差し込まれている。ケースはそれぞれ、ピンク、緑、ブルーのカラーテープでぐるりと一巻きされている。いつも塔子が聴いているものは、その中のブルーのテープを巻いた物の中に収められていることを。

二週間が過ぎた。私は相変わらず塔子のトレーニングを受けていた。書くことについてのトレーニングである。「何を」「どういう風に書くか」。物事の「どこを見て」「何に焦点を当てるか」私は特訓していた。しかしこれは特訓したからと言っておいそれと短期間で成果の上がるものではない。

更に塔子が集めてきた事件簿をノンフィクションとして書くというのを、毎日のかなりの時間を費やしてやっていた。私はそろそろ嫌気が差していた。塔子も、うだつの上がらない私に愛想が尽きてきたようだった。

「どうも上手く行かないわね」私はテーブルにペンを投げ出して言った。

「能率悪くなってきたわねぇ」塔子もそれを認めた。

「もう止めようかぁ、もう充分でしょう……」

私はありのままを言った。

「何か根本的にあなたには、欠けているものがあるのね、それが何かは分からないけど」

「私って、未熟なのかもしれない。人間的に……」

塔子は思いを探るようにしながら、黙っていた。

「かなり煮詰まって来たから、もうこれぐらいにして、普通の生活に戻ろうよ。この資料、全部宿題にして。私、暇を見つけて書くから」

私は両手を合わせて懇願するふりをした。

「しょうがないわねぇ……」

塔子はやがて根負けした。


「……じゃあパーッと遊びましょう！　合宿はこれで終わりっ！」

庭の真ん中に立ち、塔子が林に向かって大声を張り上げた。その日、私と塔子は朝から町へ繰り出し、食料と酒と花火を大量に買い込んでいた。

その夜、私たちは庭でバーベキューをし、酒を飲み、歌い騒いだ。いつの間にか夜は更け、辺りは静まり返った。庭の中にたった一つともった誘蛾灯に、虫が群がり始めた。

修は打ち上げ花火を地面に立て、火をつけた。花火は空へ駆け上がり、爆発音と共に鮮やかな形と色を残して散った。私たちは何発も何発も打ちあげ花火を上げた。

隣近所などないも同然のこの場所に、幾ら花火を打ち上げても誰の迷惑にもなる訳がなかった。

「これがここでの楽しみなのよ！　思う存分やりましょう！」

塔子はかなり酔いが回っていた。私は花火が落ちた後の火の粉が心配で、バケツを持って消火に走り回っていた。

「これが最後だぞ！」

歓声と共に一際派手な花火が夜空の闇に消えて行った。塔子はキャッキャッとはしゃいでいた。そして、あたりは漆黒の闇となった。

真空の静けさが戻ってきた。私たちは意気消沈した。

その夜、私たちは誰からともなく誘い合い、居間に寄り集まって寝た。

翌朝早く私は目覚めた。いつもと違う場所で寝たために、熟睡できなかったのかもしれない。居間には修の布団がなかった。窓を開けると、庭で誰かの気配がした。窓から体を乗り出して外を眺めた。庭の一角で、修が立ち働く姿が見えた。

庭の東側は野菜畑になっていた。修は毎朝そこで畑仕事をしている。着替えを済ませ、私はそっと外へ出て行った。畑に近づき、修の後ろ姿越しに、自分の姿が見えないようにしゃがみ込んだ。私はじっと修を見つめていた。彼の手捌《てさば》きは無駄がなく、きびきびしていた。雑草を引き抜いたり、生ゴミを埋めて肥料を被せたり、野菜を摘み取っている。

修はとにかくきちんとした人だった。物置や台所は彼の手で整然と片付けられていた。「修はこの家の管理人よ」と塔子はいつも語っていたものだった。

修は毎日勤め帰りにスーパーで魚か肉を買って帰っていた。魚は丸ごと買って台所で捌《さば》くのであるが、その腕前は玄人はだしだった。魚は、包丁を自在に動かし、たちまち鮮やかな魚肉の断面を見せて行く。私はそれを見るために決まって夕方には台所に降りてきて、子供のように修の仕事を見つめるのだった。

「何してるの？　そんなとこで……」

後ろ姿のまま、修が声をかけてきた。私は立ち上がり、修の近くへ行った。

「おはよう……」

「黙ってみてるんなら、手伝いなさいよ」

私も畑の中に入り、雑草を抜き取り始めた。聞きたくてたまらなかったことを、私は尋ねた。

「修さんって、何でここにいるの？　何のために？」

「この家と塔子さんを守るため、かな……」

ぽそりと修は言った。まるで用意した解答みたいだった。

「誰かに頼まれたの？」

「ああ、彼女の亡くなったお母さんからね。彼女のお母さんと僕の母が同級生で、親しかったんだ。塔子は小さい頃からここで夏を過ごしてきたんだ。彼女のお母さんが子供の頃植えた木が、今ではこんなに大きくなって、家の周りを取り囲んでいる」

家の周りの大部分を桜の木が取り囲んでいた。

「桜の木は手入れが大変なんだ。僕が庭師に頼んで手入れしてもらっているんだけどね。良く枯れずに育ってるよ……」

私はしげしげと桜の木々を見た。桜が一斉に花開く四月には、ここはどんな風景に変わるのだろうか。

「塔子は修さんのことを、管理人さんだって言ってたけど……」

「全く、その通りさ」

修は人の好さそうな笑顔を見せた。

「断ればいいのに……無報酬で……。夏はずっといるんでしょう？　大変でしょうに」

「いや。楽しんでるからね。ここは環境もいいし、どうせ一月や二月だもの」

仕事が一段落した後、私たちは庭で採れたトマトを水洗いしてかぶりついた。

東側の、一段高くなっている土手のような場所に植えてあるトマトがどういう訳か大きくなり、ひときわ大きな実をつけているのだった。そこからもいだトマトはみずみずしく、味も濃かった。

「どうしてこのトマトだけ大きくなってるのかしら？」

私は聞いた。

「野菜にも好きな場所があるんだ。好きな場所で育つと、どんどん成長する。……日当たりが良くって、風が吹き抜ける気持ちのいい場所さ……」

「ふうん……」

トマトの汁で汚れた指を持て余していると、タオルが飛んできた。

「拭きなよ」

「ありがとう」

私は一瞬勘違いした。もう随分前から、私たちはお互いを知っていたかのように。

「君も何か書いてるの？」

「ええ……」

私は自分の書いている文章の説明をした。

「読んでみます？　私が書いたの……」

「いや」

修は立ち上がって、言った。

「興味がないから」

修は背中を見せて、歩いて行った。


一週間が経った。私と塔子はかなりルーズな生活になっていた。塔子は私のトレーナーを止めることになってから、目標を失ったようだった。修は朝早く仕事に出かけ、夜更かしばかりしていた私たちは、日が高くなるまでベッドで寝入っていた。

ある晴れた日の午前中だった。塔子は朝食も取らずに朝風呂に入り、そのまま風呂から出て来なかった。私は心配になって中を覗き込もうとした。中からはシャワーの音がずっと聞こえていた。私はもう少し待つ気になった。やがて時間が経ち、浴室のドアを開けて塔子が顔を出した。

「佐和子、ちょっと来て……」

何事かと浴室へ入って行くと、バスタオルで身体を包んだ塔子が、半身乗り出して私を手招きした。


浴室の壁にはどういう趣味か、半間の、全身が映る大きな鏡が貼ってある。

「ね、どう思う？　私のからだ……。正直に言って」

私は塔子を見つめた。塔子は巻きつけたバスタオルを徐々に外して行った。

「ね、どう思う？」

私の目は塔子の裸身にくぎ付けになった。服を着ている時には想像もできなかった肉付きの良さ、八頭身の均整の取れた体つきの美しさは言うまでもなかったが、何よりも引き付けられたのは、肌の白さと滑らかさだった。窓から差し込む光を胸に受け、肌は乳白色に輝いていた。まるで塑像のような、見事なプロポーションだった。

「……きれいじゃない？　……」

「そうお？」

塔子はゆっくりと微笑んだ。

「私もそう思った。自分がこんなにきれいだと思ったのは今日が初めてよ。自分が愛おしくなったわ」

私は黙っていた。

「あなたも入らない？」

塔子が言った。私は戸惑った。

「朝風呂の習慣はないから」

と言うと、もうそれ以上塔子は誘わなかった。私が浴室を出ようとした時、後ろから塔子の呟きが聞こえて来た。

「何歳頃から、体って崩れて行くのかしら？」

私はハッとした。居間に戻って椅子にかけていた私に、バスローブ姿で浴室から出て来た塔子が話しかけてきた。

「ねえ、佐和子。……私を撮ってくれない？」

私は意味が解らなくて、聞き返した。

「とる……？」

塔子の真剣なまなざしが、柔らかい光に染まった。

「そう。撮るのよ。……今の私を……」

軽く笑って相手にするまいとした。だが、その後の塔子の一言に、私は捕らえられた。

「今撮らなきゃ……、永遠にその機会はないわ」

その言葉は唐突に私を揺さぶった。心が翻った。

「いいよ、撮ろう。……カメラ、どこにあるの？」

塔子がもっていたのはごく普通のスナップ写真用のカメラだった。幸い、まだ使っていないフィルムが五本ほどあった。

塔子は暫く鏡の前で、どのようなポーズが自分らしいのか考え、吟味し、思いつくままに動いていた。

私は塔子の部屋へ行って、布を探し始めた。インド綿、化繊、レース、麻……。柔らかい布なら何でも良かった。放恣になりそうな塔子の裸体に、はらりと一枚の布をかけるだけで良かった。

塔子の部屋にはまだ使っていない刺繍用の布が置いてあった。そこから何枚かの布を持ち出した。金や赤や黒の模様の派手なスカーフを箪笥《たんす》の中から見つけ出し、窓から一枚のレースのカーテンを外して居間へ運んだ。塔子は自由に動き、私はそれを追ってカメラを構えた。私は塔子に一枚だけ布を持たせ、大事な部分を隠すように頼んだ。塔子は分かったと言い、初めはそれを身につけていたが、次第に邪魔になって煩がるようになった。そしてやがて布をポーンと放り投げた。私は大声で怒鳴った。絶対に全部を見せちゃ駄目だ、と。塔子は突っかかってきた。その理由を、私は上手に説明できなかった。

「……とにかく、うまく言えないけど……、そこは荒々しすぎるのよ」

荒々しいというのは形容ではなかった。そこだけが全体から浮いて、奇妙な違和感があるのだった。それを出してしまうと、塔子という人間が入れ替わり、別の生き物のように思えてしまう。こんな感じ方は、もしかすると私が素人だからかもしれなかった。塔子は意外に素直に答えた。

「分かった、あなたの言う通りにするわ」

居間で、塔子の部屋で、骨董品の倉庫部屋で、……そして庭で私はシャッターを押し続けた。フィルムは五本全部使ってしまった。

撮影を終えた後、塔子はバスローブを羽織り椅子に体を投げ出し、放心していた。

「馬鹿なことしちゃったかな……」

「そんなことないって。何だかスッキリしたわ。ウジウジしてたものが、全部体から抜けて行ったみたいで、いい気分……」

「そう？　それならいいけど」

私は少し、安心した。


数日後に、写真が出来上がった。写真は予想以上に良く撮れていた。

「佐和子に写真の才能があったとはねぇ」

「本や雑誌見ているうちに自然に覚えちゃったのかもしれない」

「上手よね、本当に撮り方が……」

一通り見終えると、塔子はこれらの写真を持っていたくないと言い張った。私だって要らない、と言い返したが、塔子は突っぱねた。

「じゃ、捨てちゃおうよ」

塔子が言った。

「何言うのっ、じゃ何で撮ったのよ？」

「これ見てたら何だかおぞましくなって……」

「あのねぇ……」

結局、私が写真とフィルムを保管することになった。修に見つからないよう、陶器の入っていた木箱に何重にもくるんだ写真とフィルムを収め、ゴムバンドで止め、トランクの奥にしまい込んだ。

翌日、塔子は私に泳ぎに行こうと誘ってきた。

泳ぎの支度をして庭へ出ると、半ば錆《さ》びかけた軽自動車がエンジン音をさせて私を待っていた。それは私が来た時から庭の隅に放置されていた車だった。私はもう使い物にならない車だと思っていたのだった。中から塔子が顔を出した。

「乗りなー」

「うん……」

乗ってすぐ、私は塔子が運転免許を持っているのか尋ねてみた。持ってるけど……と塔子はすぐに答えた。

「更新するの忘れて、そのまま」

えっ、と私は息を呑んだ。私はそれ以上聞かなかった。車は動いている。運転が上手ならそれでいいではないか。ここは咎め立てる人間の存在すらない場所だ。

荒れた土地を走る一本道が、防砂林の松の林に差しかかった時、私の心がふと騒いだ。車を降りて防砂林を抜けると、そこは視界を遮る物のない、海だった。

湿った黒っぽい砂の上には、木ぎれや藁《わら》や、瓶やサンダルなどが固まりになって漂着していた。もう少し南へ歩けば、山を下りてきた川が海に流れ着く河口へ出るのだと、塔子は教えてくれた。

テトラポットの群れが一角にあり、そこには浅瀬の砂浜があった。テトラポットと岩肌に守られた静かな流れは、絶好の海水浴場となっていた。さっそく岩場の陰で私たちは着替え、海に入った。

泳ぎの得意でない私は背の立つ所でポチャポチャと、十メートル四方をぐるぐる回り、子供の遊びのようなまねをしていた。

塔子は様々な泳法で存分に楽しんでいた。時折海の中に潜って行ったり、沖へ出て行ったりした。私はハラハラしながらも、塔子が泳ぎを堪能していることが分かった。

私は砂浜で甲羅干しをし、うとうとと眠った。塔子は一度上がってきたが、すぐまた海の中へ戻って行った。私たちは昼が過ぎてもそうやって過ごし、雲が湧き出て空を覆いつくした午後三時まで、飲まず食わずで泳ぎ続けた。

帰る途中の車の中で、塔子は呟いた。

「今まで一人で泳いでたから、怖くてあまり遠くにも行かなかったけど、今日はあんたがいたから、好きなくらい泳げたわ」

そうだったのか、と私は思った。

夕食を終えるとさすがに疲れ果てたのだろう。塔子はそのまま自分の部屋へ戻り、次の日陽が高くなるまで起きてこなかった。

その夜、修は庭で焚き火を始めた。店で出たゴミや不要品を修はその日車で持ち返ったのだ。面白そうなので私も手伝った。段ボールや木片、紙等を、庭の剝き出しになっている地面に高く積み上げ、修は着火剤をあちこちに置いた。傍には水道に繋いだホースを長く引き込んで、水をすぐ掛けられるように待機させた。修がかけ声をかけて火をつけると、渦を巻くように火のついた部分から炎が燃え上がって行った。全体が炎の固まりになるまで、数分とかからなかった。私はじっとその様子を見守った。炎は見ている人の心を素直にさせるものだと言う。

炎に炙《あぶ》り出《だ》された修の顔を見ながら、私は尋ねていた。

「ねぇ、いつか聞こうと思っていたんだけど、塔子の昔の彼って、一体どんな人なの？」

小枝をくべていた修は、降りかかってくる火の粉を避けながら言った。

「……どうして？」

私は返答に困った。それは単純な疑問だった。相手は一体どんな人だったのか……。

「たとえば、塔子に文章を書くことを一から教えたり、それは素晴らしい人だって聞いてるから。どんな人だったのかと思って」

勿論、素晴らしい人だなどとは聞いていない。私は鎌をかけたつもりだった。

修はじっと考え込んでいた。「どれくらい知ってるの？　その人のこと」

修の大まじめな口調に、私はいささかたじろいだ。

「ちょっとだけだけど、なぜだか気になって……」

私は少し後ろめたくなった。火を燃えるに任せて、私たちはそこから少し離れた場所に腰を下ろした。

「僕が言っても構わないのか分からないけど、……多分構わないと思うから、教えるよ……」

修は話し始めた。

「塔子が十七くらいの頃かな。相手の人は二十代後半くらいの年だった。その人は若い頃アメリカに留学して政治を学んでいた。帰国してからは大学院で勉強を続けていたそうだ。でも段々学問に疑問を感じて、塔子が言うには本当にやりたいことじゃなかったんだって。で、大学院を止めたそうだ。それからは人が変わったように自分が楽しめることに打ち込んで行った。登山とか、ヨットとか……。そういった競技にも出場してたらしい。そんな時だったんだ、彼女と会ったのは」

炎は次第に小さくなった。私たちは再び火の側へ移った。

「修さんはその人に会ったことがあるの？」

「いや、ない。僕がそれを聞いたのは、最近だったから」

私は修の話の続きを待った。

「塔子によれば、その恋はそれは素晴らしいものだったそうだ。もう二度とあんな恋はできないし、ああいう人に会うこともないだろう、と塔子は言っていた。何年間か、塔子は幸せの中にいた。でも……」

修は大きく息をついて話し出した。

「ある夏の日の午後、その人は海でサーフィンをしていた。……でも、その日は台風が近づいていたんだ。で、それまで晴れていた空が、急に真っ暗になった。それをきっかけに海にいた人たちは次々に陸に上がって来た。……でもその人は上がらなかった。波乗りをがむしゃらに練習していたらしい。腕前は大したもんだったらしいよ。台風なんてへとも思ってなかったのかもしれない。だけど雨が強くなってきて、稲妻が光り始めて……、さすがに彼も陸へ上がろうとしたらしい。その時突然、雷が彼の頭に落ちてきたんだ……」

「……」

「で、サーフボードと一緒にその人は吹き飛ばされ、海の中に投げ出された……」

さっきまで燃えさかっていた炎はいつしか消え、灰となってカサカサ落ち葉のように重なり合っていた。その奥には真っ赤な火がチラチラとまだ勢いを見せていた。修は火だねを軽く木の枝で叩いた。

「それで？　その人は……？」

私は尋ねた。静かな声で修は言った。

「即死さ……」

「……」

「塔子のショックは計り知れなかった。幸福の絶頂からいきなり、絶望のどん底だもんな……。塔子はそれは凄く苦しんだらしいよ」

「……でも、……立ち直ったのね？　今は」

修は無言の後、言った。

「立ち直っちゃいないよ。今もまだ引きずっている……。……だから……」

修はゆっくりと言葉を探しながら言った。

「僕が力になってやりたいと思っている。……僕なら、彼女の力になれると思っている。……笑われるかもしれないけど……。でも、本気なんだ……」

火は完全に消えた。自嘲するような乾いた声が闇の中に響いた。

「佐和子さん、おかしいだろう……？　こんなこと……」

私は首を振った。

「そんな事ない……。いいじゃないですか、それはそれで。修さんなら塔子の力になれるわ。修さん、何となく他の人と違うもの。……大人っぽいのよ、修さんは。あなたなら塔子の力になってやれる……。絶対にそう思うわ」

私は驚いていた。話の深刻さから私は無口になった。修がこんなに真剣になったのを見たのは初めてだった。

私はいきなり駆け出した。水道栓の所に着くと、勢いよく蛇口を捻《ひね》った。唸るような音が長いホースの中を移動していった。ホースをたぐり寄せて、その口を手にした。やがて生暖かい水が手の先からぬうっと出て来た。私は指でホースを平べったく潰し、強く押し出てくる水流を、焚き火の中へ向けた。

ジュージューいう音と共に、白い煙が一気に闇の中に立ち昇った。


ある休日の午前中、塔子と修は町まで買い物へ出かけて行った。

私は朝から部屋へ籠もって、暇つぶしに塔子に貰った資料に読《よ》み耽《ふけ》っていた。だが、その資料はあまり興味の持てるものではなかった。私は飽きて机から立ち上がり、部屋を出た。

こっそり塔子の部屋へ入って行った。耳に残っていたあの音楽を、もう一度じっくり聴いてみたいと思ったのだ。何故か無性に、私はあれが聴きたかった。

塔子のベットヘッドは出窓に沿って置いてあり、側にはラジカセとMDが入ったケースが三つ置いてあった。私は出窓まで行くと、その中を覗いてみた。ケースにはそれぞれ二十枚くらいのＭＤが並んでいた。それらは一つずつジッパーのついた小袋に入れられている。ケースの周りにはピンク、緑、ブルーのテープが巻かれている。私はピンクのケースを取って袋に書いてある名前を見た。どれも題名が書いてあった。ブルーのケースの中だけは別だった。番号が一から十まで振ってあるだけだった。私はその中から一つを抜き取り、ＭＤをプレーヤーにかけてみた。

流れてきた音楽は、確かに塔子がいつも聴いていたものだった。私は何度も繰り返して音の世界に浸った。何度も聴いているうちに、妙な感覚に襲われた。それは、言ってみれば、気だるい、生きているのが嫌になるような、快さと紙一重の退廃的な気分である。素晴らしいものと同時に危険なものを感じ取った。ＭＤを袋の中に入れ、ケースの中にしまい込み、私は素知らぬ顔で部屋を出た。

その夜、塔子は私を部屋に呼んだ。塔子はベッドの上で胡座《あぐら》をかき、入っていった私に、見下したような視線を投げかけた。

「ね、あなた。私の部屋に勝手に入ったでしょう？」

「え？」

「とぼけないでよ。……この箱の中の袋を、いじったの、あなたでしょう？」

私はどうして見破ったのかと困惑していた。

「この青いテープの箱の中の順番が、違っていたのよ」

私は顔をしかめた。入れる時に、順番を間違えたのだろうか？

「あなた、七番を抜いて、ここでそれを聴いたでしょう？」

私は謝ってしまおうと思った。

「あ、ごめん。確かに。塔子がいつも聴いているものを、何だか聴きたくなってさ」

「なら、そう言えばいいのに」

塔子はふふん、と鼻の先で笑い、説明した。

「違うのよ。私、最近ね、七番のを三番目に入れてるの。この番号ね、私が三年前につけたの。好きな順番によ。……でもね、最近この七番のがどういう訳か好きになって、……だから、三番目の所に入れといたの。つまり、誰かがこれをいじればすぐ分かっちゃう。大抵、人は袋を順番通りに並べるでしょう？」

私は返す言葉もなく、頷いた。

「ごめん……」

「いいのよ。だけど聴きたい時には私に言って。貸さないわけじゃないんだから。……でも、なくされたりするのは嫌なの。だってこの世にたった一つしかないものなんだもの……」

塔子と私は一緒にもう一度その音楽を聴いた。その後、塔子が好きだというMDを二本、一と二の番号がついたものをじっくり聴き、その夜は更けて行った。

これらはそれなりにいい音楽だが、私が気になったのは七番にとらえられてしまう、という塔子の傾向である。はっきり言うと、深々と暗いこの曲を好きになってしまったのは、危険な傾向ではないのか？　私は尋ねた。

「これ作ったの、誰なの？」

塔子はじっと黙っていたが、うっすら笑って言った。

「私の友達……、このあいだも言ったでしょう？」

「どんな人？」

「素晴らしい人よ。色々な才能沢山持ってた。音楽もその一つよ」

私はある確信を持った。

「今どうしてるの、その人。こんなに素晴らしいものを作るんじゃ、今頃作曲家にでもなってるんじゃなくて？」

塔子は目を伏せ、低い声を出した。

「ううん……、死んじゃったのよ。その人……」

「そう、ごめんなさい。思い出させちゃって」

「……ううん……」

これを作ったのは塔子の恋人だった人だと、私は確信した。

塔子は私の目の前に三枚のＭＤを並べた。

「ね、これをあなたの好きな順に並べてみて」

私は迷わず、一、二、七の順に並べた。

「やっぱりね」

塔子は私を見て、ニヤリとした。

「あたしたちって、音楽の感じ方がそっくりね」

そういえば、音楽の好みがそっくりという人はいるようでいない。

「そうかなぁ、そっくりかなぁ……」

私はわざと惚《とぼ》けておいた。

窓の外の星を私と塔子は寝転んで眺めていた。

「あたしって変なのよ。すごーくいい音楽聴いてるとね、目の前に絵が浮かんでくるの」どんな絵かと私は尋ねた。

「大抵抽象画。……それがねぇ、まぁ聞いてよ。……色がもの凄くきれいで、形がダイナミックで繊細……。でもある時は、曼荼羅《まんだら》のような絵が現れて来る時もあるのよ。……精密で、渋くて……おまけに神々しいの」

塔子は正確に思い出そうと懸命になっていた。

「そしてそれが見え始めると、自分の中ですごい幸福感があってね、胸がいっぱいになって、恍惚《こうこつ》とした気持ちになるの。体なんか軽ーくなっちゃって」

何となく解る、と私は答えた。

「でもね、私には表現できないのよ。見えた絵が。それをそのまんま描いたら、今頃素晴らしい絵描きになれてると思う。なのに、実際の私は、絵なんか描いたことないのよ。へたっくそでさ……」

「うーん」

「どうして絵が見えるんだろう、よりによって」

私は首を振った。

「……さぁ……」

私にも同じような経験があった。いい音楽に会った時、私は異空間に迷い込む。そしてストーリーが浮かぶ。例えば、作中人物の心理がそれはもう手に取るように分かったような気持ちになる。そういうちょっとした異空間を、素晴らしい音楽はもたらすのだ。何でだか分からないけれど。

「だったらその絵を文字で表してみたら？」

私は言ってみた。

「絵がダメなら、それを文字に置き換えるのよ。ね、それってちょっと面白いと思わない？」

塔子はぽかんとした顔をしていたが、やがて口を開いた。

「いいかもしれない、それ」

「やってみたら……？」

「そうね……」

後日、そのことについて、私は塔子に尋ねた。塔子は答えた。

「文字だと、陳腐なのしか思い浮かばないのよ。やっぱり色や形でないとダメね」

そうか……、と私は思った。

「今から絵でも習うのね」

「そうするわ」

その話はそれで終わりになった。

雨の日が続いた。塔子がベッドから出て来ないので呼びに行くと、塔子は部屋にマットレスを敷き、私のスペースを作ってくれていた。一緒にゴロゴロしましょうよ、というわけだ。断って部屋を出、家事を済ませた後、塔子の部屋へ行ってみると、塔子はまだベッドに寝そべっていた。体でも悪いの？　と聞くと、そうではない、何もする気になれないのだと言う。付き合って話をすることにした。

ここに来てから私たちは暇な時間、どちらともなく取り留めのない話を始めるのが日課になっていた。たとえばそれは窓から見える木の話だったり、子供時代の思い出だったりした。私たちはその日もいつも通りに、取るに足りない話をしていた。途中で私は気になっていたことを口にした。

「ね、この間聴かせてもらったあの曲を作った人、亡くなったって言ってたけど、どんな人だったの？」

寝そべりながら塔子は顔だけをこっちに向けていた。その後また寝転んで少し考えていたが、塔子は言った。

「指がね、長くてきれいな人だったわ」

意外な表現だったので、私は驚いた。

「ふうん……、じゃあお坊っちゃまだったのね」

私はあまり考えずに言った。少々憤慨した口調で塔子が返してきた。

「とんでもない、その人私生児だったのよ。苦労人よ。若い時から色んなアルバイトしてたし、手も指も荒れているはずだったのに、そうじゃなかったの。どういう訳か、きれいな手をしてたわね、本当に……」

塔子はうっとりと思い出すように言った。

ひとしきり雨の音を聞いた後で、塔子が話しかけてきた。

「ね、好きな人が突然亡くなった時の感じって、あなた分かる？」

問いかけは唐突だったが、私は全部繋がっていると感じた。

「分からないわよ、好きな人が死んだ事なんてないもん」

塔子は話し始めた。

「……その人を好きだっていう気持ちは、もう絶対的だったからね。それは精神的なものじゃなくて、物体的な物だったの。いつでもどこでもそれが、がんとして自分の中に大きな存在としてあったの。でね、彼が亡くなった時に、『亡くなった』っていう事実が鉛の玉みたいに突然目の前に落ちて来たのよ。だから、鉛の玉と、好きだっていう物体化したものがぶつかり合って、お互いを破壊し合って……、もう戦争みたいなことが心の中で起こったの。それは凄まじかった。その末に、鉛の玉が勝って、物体化した気持ちは粉々になった。……私ははっきり認識したの。彼はもうこの世にはいないって……。……でもね、その後も、好きだって言う気持ちが亡霊のように現れては辺りを彷徨《ほうこう》するのよ」

「亡霊って、その亡くなった人の亡霊って意味じゃないんでしょう？」

「うん……、だから、自分の気持ちの亡霊っていう意味よ」

私は黙って聞き続けた。

「そのうち亡霊もいなくなってしまうと、それはそれは変なの。空虚で……。見渡すと、なーんにもないのよね。大切なものが。何を見ても何も感じない。まるで廃墟なの。……砂を嚙むような世界をね、とぼとぼあっち歩いたり、こっち歩いたりしながらね、少しずつ呼吸して、何か喋ってみて、……少しずつ少しずつ自分を取り戻して行った……、みたいな……」

塔子の言葉は段々薄れて行った。様々な思いや回想が塔子の中に沸き起こって、彼女自身がその中に沈んで行く感じだった。

塔子が黙ると、部屋は雨音に包まれた。

私は雨音を聞いていた。

「十七の時の私は、彼との未来をずーっと先まで思い描いていたの。一年後の私たち、二年後の私たち、……十年後の私たち。それを私は今でも詳しく話す事ができるのよ。彼を愛してるという事、それはいつもそこにあって、光り輝いていたの。私の全てだった。生きる力だったの」

経験のない私は、じっと塔子の話を聞き続けるだけだった。

「彼は私のあらゆる物を受け入れてくれたの。何もかも許してくれた。そして、彼の全てのものを、私に与えてくれると言った……」

窓の外の雨は小降りになっていた。

「私の望んでいる物を彼は察して、それを自分の中から取りだして、きちんと私の前に並べて見せてくれた。……色んなことを、教えてもらった。行儀作法とか、本の読み方とか、文章の書き方とか。国際情勢とか。ありとあらゆることを」

私は思わず尋ねた。

「まるで、妹みたいね」

「そうかもしれない。でも、彼はそういう方法で私を愛してくれたんだと思うの」

「彼にとっても、あなたが全てだったのね」

塔子は頷いた。

暫くすると、雨の音は聞こえなくなり、代わりに窓から光が静かに差し込んできた。

私は窓を開けた。


川向こうの森の中に、薄い、生まれたてのような虹がひっそりとかかっていた。

「……私、時々、自分がとっても惨めになるの……」

掠れた塔子の声が、私の後ろでした。


私宛に、手紙が届いた。

差出人は私の母の名前だった。開けてみると、中に折りたたまれた手紙が入っていた。手紙は玲子からだった。内容は玲子の近況報告だったが、気になる文章が交じっていた。玲子は別の大学に入学して国文学を学んでいる。大学の近くで今は一人暮らしをしている。過去のことについて、玲子はずっと考えを巡らせていた。それでこんな文を書いて来たのだった。

「佐和子さんも、もしかしたらお気づきかもしれませんが、はっきり言ってしまいましょう。塔子さんのことです。私がされていた一連の嫌がらせ、あれはあの人のしたことではないかと思っているのです。あの人は見た目は優しそうだけど、本当はいろんな面を持っていて、別の面が表に出ると、元の人格と結びつかないほど豹変してしまうのだそうです。これは彼女のクラスメートに聞いた話です。彼女が一年の頃に、マリンスポーツの同好会を作ろうとして、失敗したそうです。その際に随分周りの人を傷つけたそうです。とにかく何かをするに当たって、彼女はワンマンぶりを発揮し、相容れない人とは徹底的にぶつかり合って、その後々まで何かにつけて虐《いじ》めたり、皆の前で恥をかかせたそうです。もし私に起こったこと全てが彼女のしたことなら、私に何か気に入らないことがあったのでしょうか？　佐和子さん、気が付いたことがあったら教えてください。でも、今私は毎日平穏無事に暮らしています。そちらのお母さんに佐和子さんが塔子さんの別荘に誘われているという話を聞いて、少し心配になってきました。何事も起こらないといいけど……。くれぐれも用心してください」

私は玲子からの手紙を、小さく折りたたんで母からの封筒の中へしまった。玲子の手紙の文にあるように、塔子が二面性のある人だというのは頷ける。だが今ここにいる限り、塔子は嫌な面を私には見せていない。もしそういう嫌な面が出るとしたら、それは特別な機会においてだろうと私は思った。例えば、利害関係が発生して対立した時とか、相手がどうにもならない偏屈な性格の人で気に入らなかった場合だとか……。しかしそうだとしたら、玲子の事件はどう説明するのだろう？　私は塔子を悪く思いたくなかった。そう思わなければ、一緒に生活などしていられなかった。その時点で私はまだまだ甘かったのだと言わざるを得ない。

その週は、ずっと雨が続いた。上がればからりと晴れる夏の雨ではなく、果てしもなくいつまでもジメジメと降り続ける秋の雨のようだった。塔子と私は一日丸々家の中で過ごした。私は塔子から出された課題の幾つかに取り組んでいた。資料を読み、それを小説として展開させるための構想を練り、ノートに書き付けた。塔子は白刺繍をベッドの上で黙々とやっていた。だがそれに飽きると、私たちは、もうすることがなくなった。塔子は少しずつ話し出した。

それは亡くなった恋人の話だった。彼との出会い、顔や声の特徴、癖、性格、エピソード……、交友関係、……。大切にしまっておいた宝石箱を開けて、宝石を一つ一つ並べ、それについて話してくれた、そんな感じだった。素のままの塔子がそこにいた。顔は紅潮し、声も仕草もしっとりとしていた。その人と会ってる時、塔子はこうだったのかと思わせるような華やぎがあった。

一週間が経った頃、私は塔子の昔の恋人について誰よりも知っているような気分になっていた。

雨は上がり、空は高い青のまま、カッと目を開き、夏がまだ終わってないと誇示していた。日差しは濃く影を作り、外を歩く私たちの肌はたちまち火照った。

塔子だけが浮かない顔をしていた。

ある日の午後私と塔子は二階の西側のサンデッキにビーチチェアを広げて、寝そべりながら小説を読んでいた。塔子が話しかけて来た。

「ねぇ、佐和子。何だか頭が重いのよ」

風邪じゃない？　と私は軽く答えた。

「そうじゃない」とすぐさま塔子は言葉を返してきた。私は訳がわからないので黙っていると塔子は続けていった。

「私、あなたに何でもしゃべりすぎたみたいね」

私はそんなことを気にしていたのかと、おかしくなった。

「大丈夫よ。私誰にも言いいやしないから。こう見えても口は固いのよ」

塔子はしばらくぼんやりしていた。

「あなたの問題じゃないかもしれない。……私、話してしまったら少しは心が軽くなると思ってた。でも実際は違った。気持ちを言ってしまったら、逆に不安になってしまった。話さなきゃよかった」

その時の塔子は少し変だった。あとで考えれば神経が研ぎ澄まされているような、そんな感じがあった。私は別段気にも留めなかった。しかし翌日あたりから、塔子の言動は明らかに不安定になってきた。


塔子は翌朝、いつもの時間になっても部屋から出てこなかった。私がドアをノックしても応答なく鍵が内側からかけられていた。一時間置きにドアをノックして塔子に呼びかけた。やはり応答はなかった。

その日の夕方日が沈む前に塔子はようやく降りて来た。私は修の料理の手伝いを一階の台所でしていた。塔子は乱れた髪のまま、まるで幽霊のように私の前に立ち、私たちを見つめた。私はとっさに話しかける言葉を失った。

修が優しく、どこか体の調子でも悪いの？　と尋ねた。

塔子はゆっくりと首を振り、別に……と言って微笑んだ。

塔子は対面式の台所のカウンターに向かって座り、私たちの仕事を眺めた。


それから一時間、料理が出来上がり食卓にそれを並べ、皆で食事し終えるまで、塔子はすごい勢いでしゃべりまくった。私たちは、簡単な相槌しか打つことができなかった。修は押し黙り、私は途方にくれて塔子を見つめた。

彼女は頭に思い浮かぶ限りのものを片っ端から言葉にして吐き出し、一人で笑い、怒り、頷き、しかめっ面をしていた。目の前にいる私たちのことなど、まるで眼中になかった。あたかも、もう一人の塔子が眠りから覚めて姿を現したようだった。彼女を見ながら私は、こういう状態のことを「躁」と言うのだろうなと、考えたりしていた。

食事が終わり、私と修が食卓を片付け始めた頃、塔子の様子が変わった。急に無口になり、何を見てるのかわからないぼーっとした感じになった。今度は話し掛けても全く口をきかなくなった。その様子は放心状態といってよかった。私たちはできるだけ刺激しないようにと、塔子をそのままにしておいた。後片付けを終えて居間に行ってみると、そこに塔子の姿はなかった。家の中を全部探し回り、私は塔子が家からいなくなっていることを知った。

外は小雨が降り出していた。庭に出て、修は車に乗り、ライトを点けてみた。すると、ライトが照らし出した光の先の方に僅かに動く人影があった。庭を取り囲む草むらの一隅で塔子がうずくまり、小さく歌を口ずさみながら、雑草を弄《いじ》っていた。

「どうしたの？　なんでそんな所にいるんだ？　風邪ひくじゃないか」

修が言った。塔子はそれに答えなかった。私は塔子に近寄り、その腕を取って立ち上がらせようとした。すると塔子は私を突き飛ばした。

「あっちに行ってよ」

思いがけない強い力で、私は後方に飛ばされて、尻餅をついた。

「塔子、いい加減にしろ！　何を考えてるんだ、全く」

修が叫んだ。かなりきつい声だった。塔子はぼんやりした表情で修を見上げ、そして瞼の下を指でぬぐった。その時私は初めて塔子が泣いている事を知った。

塔子はゆっくりとした動作で立ち上がった。

「ごめんなさいもう帰るわ」

重い足取りで家へ向かって歩き始めた。長い髪がぐっしょりと濡れ服は肌に張り付いていた。家の明かりが塔子のシルエットを浮き出していた。

私と修は視線を合わせ、言葉にならないものを感じ取っていた。

翌日の早朝、眠っていた私の肩を叩く人がいて私は目を覚ました。

辺りはまだ薄暗闇に包まれていた。よく見るとベッドのそばに立っているのは修だった。

表情の見えない修に向かって、私はどうしたの、と尋ねた。

「塔子がいなくなったんだ」

修の声が震えていた。私は飛び起きた。

外は幾らか明るかった。見るものすべてが透き通った青の中にあった。別世界に来たかのような妙な感覚だった。庭にはあのもう一つの軽自動車が見当たらなかった。

「海に行ったんだわ」

そういう私に修は何も答えず、二人で修の車に飛び乗った。

海までの道を両脇の藪に時折突っ込みそうになりながら、車は走った。

私たちの心は急《せ》いていた。

車を置いて海岸まで歩いて行った時、辺りは明るい水色へ色を変えていた。だが、波は高くうねり、獣のような凶暴さを私たちに見せていた。

「まさか泳いで行ったんじゃ……」

「それはないだろう。この波じゃ、幾ら塔子だって泳ぎきれないだろう。それほど無鉄砲じゃないさ」

修はきっぱりと答えた。その言葉とは裏腹に、顔には不安がみなぎっていた。

私たちは拭いきれない不安を隠しながら、海岸線を下っていった。海水浴をしていた岩場へも行ってみた。

人影はなかった。車に戻り、付近を走り回った。私は窓から顔を出して四方を見渡した。人っ子一人いなかった。

原っぱに車を止めて修は降り、グルグルと歩き回った。やがて私たちは、別荘への道を戻り始めた。

夜はすっかり明けていて、気の抜けたような白っぽい空が頭の上一面に広がっていた。

林を突っ切って、別荘の敷地へ入っていった時、庭のこんもりした草花の群れの中に人影が見え隠れしていた。車の中から目を凝らすと、それは、塔子に違いなかった。

「塔子よ！　塔子」

車はキーッと急停止し、止まった。

私は飛び降りて、庭へ駆けていった。塔子はホースを長く引いて、草花に水をやっていた。いつものあの笑顔で、何事もなかったかのように話し掛けてきた。

「あらどうしたの？　……二人で朝早く、どこかへドライブ？」

のんきなその声に私はすぐに返事ができなかった。

「塔子……、どこへ行ってたの？　……探したのよ」

「……どこって……」

塔子の視線が私の肩先に留まった。見ると、すぐ後ろに修が立っていた。塔子の言葉をさえぎって、修が言った。

「夜明け前に、無断でどこかへ行ったりするな。昨日の今日だろう？　こっちは死ぬほど心配して、探し回ったんだ」

塔子はちょっと驚いた顔になった。

「……死ぬほど心配してくれたの？」

押し殺した強い口調で修が、言った。

「当たり前だろう！　少しは人の身になってみろ！」

塔子は視線を外していたが、すぐ向き直って言った。

「ごめんなさい。眠れなかったので、ドライブしてたの。これからは置手紙を書くようにするわ」

修が頷いたのを確かめてから、塔子はホースの水を止めに水道へ駆けていった。

ホースをくるくるとリールで巻き終えると、蛇口につけたホースを引っこ抜き、塔子は汚れた指を水で洗った。突っ立ったままの私たちを振り返り、声をかけた。

「ごめんなさいね、心配させて……。私これから少し寝るわ」

そう言い残して、ふうわりとした足取りで、家の中へ入っていった。


私と修は居間に入り、テーブルを前に椅子に腰かけた。私は修に今日一日居てもらわねばと思っていた。修は修で、この事態に困惑しているようだった。いつもは吸わない煙草をどこからか持ち出してきて一服吸い、テーブルの上に立てかけておいた。煙草の煙が真っ直ぐに立ち上って行くのを私は見ていた。

「こういう事、今まであったの？」

私は尋ねた。

「いや……。感情が高ぶったりすることはあった。でも、こんな訳の分からないのは初めてだ」

修は答えた。

「どうすればいいと思う？」

「まぁ放っておくしかないだろうな……」

静かな口調で修は言った。私は不安に駆られて言った。

「何かしなくていいの？　医者に連れて行くとか……」

こちらを見た修の目に、厳しい物がチラリと光った。

「そんなことしたら、俺たちの信頼関係、ぶち壊してしまうぜ」

厳しい言葉に、思わず身が引き締まった。

「でも……」

何もせずにいるよりは、その方がいいではないか、と私は思った。塔子の行動には何か病的なものが感じられてならなかった。暫くしてまた私は切り出した。

「何が原因だったのかしら？　こうなったのは……」

「……きっと、君がいて、よく話を聞いてやったからじゃないのかな……」

胸を射抜かれたような気がして、思わず聞き返した。

「話を聞いてやったのがいけなかったの？」

「彼女は意外と小心者だからさ、今までいつも人に対して壁を張り巡らせていた。付き合う奴もドライな奴らが多かっただろう？　……彼女はわざとそういう人たちを選んでいたんだと思う。心の中に立ち入られないように……。でも、君みたいな素直な人があっさり壁を破って入ってきてしまった。……彼女は心にあったものを、吐き出してしまった。そういうことのなかった彼女は、心のバランスが崩れてしまったんじゃないかな。自分でも何でそうなるのか、よくわかってないんだと思うよ。……でも、大丈夫さ。そのうち元に戻る。きっとね……」

私はいささか驚いた。

「どうしてそんなに塔子のことがよくわかるの？」

修は笑って答えた。

「解るさ、それは……。だって何年も彼女を見てきたんだから。そのくらい当たり前さ、そういうもんだろう？」

私はぼんやりしていた。ここで過ごした時間を振り返っていた。他人にはない、重くて濃密な時間が二人の間にはあったのだろうか……。それはもしかすると修だけが感じていたものかもしれない。

「もし間違っていたらごめんなさい。修さんは、塔子を好きなんじゃなくって？」

修の表情に一瞬感情が走った。

「……そうかもしれないな」

私の心に、ひそかな嫉妬心のような、苛立ちが走った。その心の動きは自分にも説明がつかないものだった。とにかく二日だけ、勤めを休んで欲しい、と私は頼んだ。修は承知してくれた。


その日の午前中、誰も部屋からは出て来なかった。どの部屋からも、何の物音もしなかった。一度修の部屋のドアを開けると、彼は死んだように眠っていた。塔子の部屋にも声をかけたが、返事はなかった。私はとりあえず自分の為だけの食事を作り、食べた。その後いつものように洗濯や掃除をした。小一時間ほどで終わった。

日が高く昇って来た。別荘は静けさに包みこまれた。私は自分の部屋で本を読もうとした。だが、時間が過ぎ去るだけで、字は頭の中を素通りしてしまう。文字から弾き出されて窓の外を見た。空には太陽が熱くたぎり、木々は火照り、陽炎《かげろう》のように見える熱気が地面に立ち込めていた。私は自分に尋ねてみた。私は一体、ここで何をすればいいのだろう？


午後になって起きて来た修と昼食を取り、私たちは畑へ出、野菜の収穫をした。野菜は日々大きくなり、沢山の実をつけた。作業しながら修が聞いた。

「僕が仕事している間、何をしていたの？　毎日」

そういえばここに来てからもう、一月半が経とうとしている。朝から晩まで彼女と一緒で、本当に何をしていたのだろう。

「何って……ずっと合宿みたいなことよ。本と資料読んで、まとめて、それを彼女が批評して……。でも最近はそれも飽きてしてなかった。そうね、ずっと雑談してたのかも……」

「何を話してたの？」

「取り留めのないことよ。世間話とか、読んだ本の話とか、友達のこととか」

私はそこまで言って黙った。彼女にとって重要なことがあった。塔子の亡くなった恋人のことだ。塔子はそれを話したせいで心のバランスを崩したのだとしたら……。聞きたがった私にも、責任はあるのかもしれない。

私は何故かそれだけは修に喋りたくなかった。

「たとえばどんなこと？」

修は尋ねた。私は急に別の話題を向けた。

「そういえば、印象に残ってる真面目な話があるわ」

私が黙ると、開け放した窓から蝉の鳴き声が、わんわんと降り注いできた。

「今この地球は人類が支配して社会や経済を作って繁栄してるけど、私たちは何もその為に生きてるわけじゃないって」

修は耳を澄ましていた。

「そりゃ誰だってそう思ってるんじゃない？　別に繁栄の為に生きてるんじゃないだろ」

「社会や経済のルールに縛られたくない。……世の中で生きて行くってのは、ルールに縛られることなのよね、って。塔子はどんなものからも縛られずに、自分自身のために自由気ままに生きたい、って言ってた」

「……」

「どこかに神様がいるとしたら、とってもエゴイストな神様だって。人間一人一人のことなんかこれっぽっちも考えていない、馬鹿な神様だって……」

修は手を止めて何か考えているようだった。

「神様は人間を繁栄させることだけを考えている。男がこんなに戦闘好きなのも、女がきれいなのも、人類を長続きさせる魂胆だって。きれいな女がいなくなったら男は子孫を残そうと思わなくなるだろうし、男が戦闘好きでなかったら、国が繁栄しなくなる。『所詮、人間なんて使い捨てなのよ、神様にとって……』って言ってた……」

「……」

「それに対抗するには、自分だけの神を作るしかない。自分に拘《こだわ》って、自由に生きるしかないって……。世間のルールに反しても」

「何だか大げさだなぁ」

「本気かどうかは知らない。意外と出任せかもしれない。……でも、何も信じられないっていう塔子の気分がそう言わせてたのかもしれない。塔子は言ってた。自分は子供を産むつもりもないし、社会に貢献しようとも思わない。人間としては、何の価値もない人間だって」

「……そんなこと言ってたのか」

修は段々私の言いたい事が解ってきたようだった。

「生きながらえることが幸せだなんて思わない。自分にとって、若い時だけが人生だって。だから若いうちに人生を終わらせたい、って。自分が一番美しい時に出会った人に恋をして、最高の時間を過ごした。それだけで自分の人生は充分だったと思う、って……」

修は啞然《あぜん》としていた。

「それじゃ自殺願望じゃないか」

「……だから心配してるのよ……」

本当はこんなこと、言わなくてもいいのかもしれない。でも塔子がああいう状態になってしまった今、気になったことは全て話すべきだと私は思っていた。修が立ち上がったので、傍にあった野菜の籠がひっくり返った。

「ちょっと行ってくるよ」

修は畑を出ると、大股で家に向かって歩いて行った。私は立ち上がって、修の後ろ姿をじっと見つめていた。それから約一時間、修は塔子の部屋へ入ったまま出て来なかった。中から争うような声も怒鳴る声もまったくしなかった。


一時間経って出て来た修は疲れ切ったような顔をしていた。自分の部屋にいた私に、外へ出ようぜ、と声をかけて来た。

私たちは海へ続く長いだらだらした坂を下りながら、話をした。

「時々こういうことが起こるそうだ。気持ちが不安定になって、自分でコントロールできなくなる、って。でも、一人になって寝たり起きたりを繰り返せば大丈夫だって」

「そう……。私たちにできる事、他にないのかしら」

「今のところ、そっとしておくことだけだろう」

「まさか、自殺なんて、考えていないでしょうね」

「……大丈夫だろう。……だって、自殺する直接の動機なんて、何もないはずなんだからな」

「そりゃあ、そうだけど……」

私は彼女の中にある様々な人格というものに、不安を抱いていた。素直に自分の感情の赴くままに行動する塔子。人を憎み、徹底的に人を苛め抜く塔子。恋をしていた塔子。……情緒不安定になり、奇妙な行動を繰り返す塔子。……そして、世の中のルールから解放されて自由に生きたい、若いうちに死にたい、と呟く塔子。どれが真実の彼女なのか、私には判らなかった。そしてもっと別の面が彼女にはありそうだった。

だが、案外修には、塔子はありのままの姿を見せているような気がした。修の、誠実な人柄のせいだろうか。私たちはお互いの思いに耽り黙り込んだまま、長い坂道を下り切った。

海の見える土手で、夕暮れに染まった景色を見ていると、心細さが心を襲った。

「……ねぇ、私がここにいたら、塔子は治るものも治らないいんじゃない？　……私、ここを引きあげた方がいいのかしら？」

すぐさま修は言った。

「いや、それは待ってくれ。少なくとも、塔子が落ち着くまではいてくれ。僕も一人じゃ、自信がない……」

私は了解した。夕日の海に目をやる修の顔は、今までとはどこか違った男らしさがあった。私の、修に対する印象が少しずつ変化していた。

翌日、翌々日もやはり塔子は部屋から出て来ようとしなかった。部屋へ入っていくのは躊躇《ためら》われた。修も部屋に籠もり切りで、食事の準備の時しか一階へ降りて来なかった。

がらんとした居間で、驟雨《しゅうう》のように降りかかる蟬の声に、私は耳を塞ぎたい気分になっていた。その夜は各々の部屋で過ごし、私はベッドに突っ伏して取り留めのない考えに身を任せていた。

その夜、午前零時に、私は階下へ降りて行った。眠れなかった。玄関へ出て、とりあえず庭へ出た。月の光が意外な明るさで庭一面を照らしていた。私は庭の周りをそうっと音がしないように歩いて行った。

西の空高く、月が出ている。草木の匂いが混じり合って、発酵したような匂いを醸し出していた。なぜか解き放たれたような気分になって、私はぶらぶらと家の周りを歩いて行った。


すると、向こうから誰かが歩いて来た。立ちすくんで目を凝らすと、それは修だった。

「どうしたの？」と、修は丸い目をして聞いて来た。

「うーん、眠れなくて……」

私が言うと、修は自分もだ、と言うようなゼスチャーをしてみせた。


私たちは家の南西にある角地に腰を下ろし、丸く白い月を見上げた。私たちはぽつりぽつりと会話を始めた。一人でいるよりはずっとましだった。私は塔子の状態がこのまま思わしくなければ、父親を呼び出してみたらどうかと言ってみた。修はそれは最後の手段だと言った。できるだけ自分たちの力で見守ってやろう、と修は言った。

月が西の向こうへ移動し、見えなくなってから、私はとてもくつろいだ気分になった。体を草の上に倒し、息を大きく吸い込んだ。草の香りが鼻の奥から全身へ流れ込んで来た。修が口を開いた。

「塔子の彼のことなんだけど……」

塔子は具体的なことは君に話してなかっただろう？　と続けた。私は修の次の言葉を待った。修は何を言おうとしているのだろう？

「君だから言うけど」

修は妙な前置きをした。

「そいつの本名知ってるかい？」

私は知らない、と答えた。

「今西健志《けんじ》って言うんだ。与党の……一時幹事長も務めた今西聡《さとし》の……愛人の子さ」

私はハッとした。修の目はいつもと変わらず、穏やかだった。

「あの、今西聡の……」

与党の議員の中でも清廉なイメージのあるその人は大臣を何度か務めたことのある人だった。記者から政治家に転身するまで苦労を重ね、庶民的な笑顔と行動力が多くの若者や女性層に支持されていた、

「あの人が……、他に子供を……」

「そんなもんだろ、人間だもの」

修は呟いた。

「今西聡は、健志に自分の跡を継がせたかったらしい。聡の本妻の子供は皆娘で、早々と嫁に行ってしまったらしい。健志さんはとても優秀で、聡はかなり期待していたらしい」

「そう……」

「でもそれが本人にはかえってプレッシャーになってしまうものでさ。……その後のことは、いつか君に話しただろう？」

「日本に帰ってからは、学問の世界と縁を切って、スポーツを楽しんでたわけね？」

「……で、そいつは十七歳の塔子と出会うわけだ」

「……」

「どんな人だったんでしょうねぇ」

さぁ、と修は言った。

私たちはそれぞれ頭の中でイメージを思い浮かべながら、それを口に出しはしなかった。

私たちは明日からの事を相談し合った。明日から修はいつもの生活に戻って、出社しなければならなかった。

翌日、修が出かけてしまった後、私は塔子の部屋へと向かった。ドアをノックして、入れて欲しいと頼んでも、すぐにはドアを開けてくれなかった。

幼い子をあやすように、優しい言葉遣いで時間をかけて頼み込み、ようやくドアを開けてくれた。

塔子はベッドに腰かけて、私の方を真っ直ぐに見た。しかしその目は充血していて、表情は虚ろだった。

長い部屋着を着ていたが、服に表れる体の線からも、一回り痩せたことが分かった。塔子は普段の自分を懸命に演じているようだった。

それは痛々しいほどだった。

演技に答えるべく、私も平静を装わねばならなかった。

「修さんと心配していたんだけど、どこがどう悪いの？」

オウム返しのように、塔子は「悪いところはない」と答えた。ただ少し頭が痛くて、気分が重く、何もする気になれないのだと言った。私はさりげなく提案した。体のどこかが悪いのなら、精密検査をしてみてはどうか、と。塔子は絶対にそれはないと言い張った。

自分の事は自分が良く知っている。これは神経から来るもので、自分は人よりも神経が細く、時々こういう状態を引き起こすのだと。いわば持病だから、じっとしていれば治る、と。その言い方には人を寄せ付けない頑固な、意地のようなものがあった。

私は少し考えて、自分たちが塔子にしてあげられるような事はないのか、あるのなら何でも言って欲しい、と言った。

塔子はささくれだった表情を一瞬緩ませ、穏やかな顔をした。やがて微笑みを浮かべ、明るく語った。

「……そうね、じゃあ修をこの部屋へよこして頂戴」

私は何を言うのかと思って塔子を見た。修が仕事へ出かけて行ったことくらい、塔子だって承知していたはずではないか……。すると、塔子は付け加えた。修のベッドをここに運んで欲しいのだと。


夕方、仕事から帰って来た修に真っ先に私はそのことを伝えた。修は「ああ、そう……」と呟いて、さっさと自分の部屋へ入ってしまった。

修のベッドは折り畳み式の簡易ベッドだから、持ち運びは簡単だった。他にも身の回りの物をまとめて、修は塔子の部屋に運び、あっという間に修は塔子の部屋の住人になってしまったのだった。

私は狼狽した。味方を急に敵に取られてしまったような……、そんな気がしないでもなかった。塔子の部屋に入ってしまった修と、これからどうやって連絡を取ればいいのだろう……。修と話をする為に、塔子の部屋のドアをノックするわけにもいかなかった。また、別の不安が胸を占領した。一体中で何が起こっているのか、という不安である。修はあくまで見守りの為の付き添いのつもりでいるが、塔子がどんな気持ちでいるのか、計り知れなかった。

しかしこうなった以上、二人がどんな状況に陥ろうと、私の関知するところではなかった。私の中でまた一つ苛立ちが増え、それは他の不安と入り混じって不快な火花を散らした。

その夜遅く、修は塔子の部屋から出て来た。私は居間でラジオのドラマを聞いていた。修は私の顔を見るなりすぐに言った。

「大丈夫だよ。いつもと変わりない。塔子はベッドに寝そべってうつらうつらしたり音楽を聴いてるよ。刺激するようなことを言わなきゃ、ずっとあのままだろう……」

塔子が修を傍に置きたいと言ったことについても、「誰か傍にいてもらいたいだけの話さ。僕がその点一番、気が楽だってことだろう」と言った。それを聞いて私は一安心した。

修は今日、町の病院で薬を貰ってきたという。精神安定剤と睡眠薬だった。もしも何かがあった時にはこれを使うようにするから、君は心配しなくていいと修は言った。

しかし、連絡を取りたいから、時々は私の部屋へ顔を出して欲しい、と私は訴えた。修は分かったよ、と笑顔になった。

そうやって修が塔子の部屋へ行ってから五日が過ぎた。心配していた事は何も起こらず、静かな日々が流れていた。しかし、修の疲れは日ごとに積もっていた。

五日目の夜、私の部屋へ入ってきた修は私のベッドに横になり、そのまま熟睡してしまった。その横顔を眺めながら、このままではいけない、と強く感じた。

塔子の部屋をノックし、返事が返ってくる前にドアを開けて、私は中へ入って行った。塔子の顔色はこの間よりも随分良くなっていた。目の充血も消えていた。塔子が回復しつつあることを私は感じ取った。修が過労気味だから部屋へ返してやって欲しい、と私は単刀直入に言った。代わりに自分が修の役目を果たすから、と申し出ると塔子は突然視線を外し、吐き出すように言った。

「あなたじゃ駄目なのよ！」

その言葉に圧倒されて、何も言えなくなってしまった。しかし、胸の奥の不快な苛立ちがブツブツと騒ぎ出していた。私は塔子のベッドヘッドの三つのケースを見つめて、言った。

「あなた、……自分に甘えてるんじゃない？」

塔子の視線が顔に突き刺さるのを私は感じていた。

「いつまでもそんなのを聴いて、昔を思い出して、思い出の中で堂々巡りしていたって、しょうがないでしょう？」

塔子の視線が一瞬光ったような気がした。追い打ちをかけるように、更に続けた。

「そういうもの一切から卒業しないと、あなた、駄目なのよ。新しい生活を始めないと……」

塔子の顔が曇った。そしてゆっくりとその顔に苦渋が広がるのを、私は見て取った。

「分かってるわ、あなたに言われなくても……」

その目から涙が雨だれのように滴り落ちた。私はその瞬間、奇妙な快感を感じていた。

「あなたはそんなことを言うのね。私は修がしてくれたこと、とっても感謝しているのに……」

塔子は背中を見せ、しゃくりあげていた。その姿は、哀れだった。徐々に後悔の念が頭を擡《もた》げてきた。

「あたしだって、好きでこんな風になってるわけじゃないのよ！」

振り絞るような声が部屋に響き渡った。塔子はそのままシクシクと泣き続けた。私は一気に後悔の念に落ちた。

「ごめんなさい、傷つけるようなことを言ってしまって……」

そう言って修のベッドに腰かけた。

「……でも、もう何とかして。これ以上皆に心配させないで……。そんなに辛いなら、病院へ行くとか、お父さんに来てもらうとか、何か方法を考えて。……でなければ、普通の生活に戻って。……できるだけ普通の生活をしなきゃ駄目なのよ。朝起きて仕事をして、ちゃんと食事して、運動したり散歩したりして、夜にはぐっすり眠れるような生活を。……そうしなければならないの。規則的な生活をしないと、気持ちも健康も戻って来ないのよ！」

塔子は涙を拭き、背を向けたまま返事した。

「分かったわ、考えてみる。……だから、出て行って……」

私は静かに腰を上げ、部屋を出た。

自分の部屋に戻ると、修はまだ眠りこけていた。眠りが、深くなっているようだった。

翌朝、塔子は部屋から出て来た。部屋着ではなく、ちゃんとしたワンピースを着て、髪は後ろに一つにまとめられ、顔にはうっすらと化粧がされていた。

その日塔子は信じられないくらいに落ち着いた態度で私と行動を共にした。私たちは部屋を掃除し、畑の仕事をし、洗濯物を干し、そうして散歩をし、自分の部屋で読書をした。そのおとなしさは、別の人間かと勘違いさせられるような物だった。

そうやって何日かが過ぎた。塔子は早朝、一人で町の病院へ行ってみると私に言い出した。私はびっくりした。考えてもみなかった。聞いてみると、修が貰ってきた薬が切れているのでもう少し貰いたいと言うのだった。私が一緒に付いていくから、と言うと、塔子はすかさず断った。身内でもないあなたに話を聞かれるのなんて、真っ平、と言うのだった。彼女らしさが戻って来たのを私は心強く思った。

翌朝、塔子は朝早く起き、女学生のように身なりを整え、出かけて行った。丘を下りバス停まで歩き、バスに乗って町に出るらしかった。

塔子は喜々としていた。少なくとも、私にはそう見えた。

十一時半頃、昼の支度をしようとしていると、電話が鳴った。塔子からだった。病院は終えたので、これから電車で町へ出て、映画でも見、ついでに買い物をして帰ると言うのだった。久しぶりに町に出たら、何だか別世界のようでわくわくしたと言う。それはいいことだから、ゆっくり楽しんで来たら、と私は言った。塔子の様子を思い浮かべてひとまず安心した。一人で昼食を取っていると、修が何やらあたふたと帰って来た。私は驚いて訳を尋ねた。塔子がちゃんと帰って来てるか、心配になって早引けしてきたと言う。私は笑って先ほどの電話の内容を伝えた。

私たちは久しぶりにいつもの海岸へ行ってみることにした。水着に着替え、その上にTシャツと綿パンを重ね、ナップサックを背負った。私たちは歩いて海岸に行くことにした。修は海岸までの近道を知っていると言う。後について行くと、それは胸まで茂った草の野原だったり、崖を下ったり、とんでもない道だった。だが結構それも楽しくて、私は修の後をついて行った。

ところが海岸に着くと、私は途端に気が乗らなくなってしまった。修は海に入って自由に泳ぎ回っていた。しかし私は岩場に座り込み、海も空も、気持ちよく吹き渡る風も何一つ目に入らなくなってしまったのだった。暫くして、修は私の様子に気付いて盛んに話しかけてきた。私はそれにさえ、答える気にならなかった。

結局、夕方まで私たちは海岸にいた。日が陰ってきて、うすら寒い風が吹き始めた頃に私たちは家路に着いた。帰りもあの険しい道を通って帰らなければならないのかと思うとまた気が重くなった。しかし歩かなければ、家に帰れない。

藪に差し掛かった頃、修は私に、どうして浮かない顔をしているのか尋ねて来た。

「……何だか疲れちゃったのよ。塔子が良くなってきたようだから、私もう帰るわ。帰らなくちゃいけないような気がするのよ」

すると修は私の前に立ちはだかり、熱心に私を説得し始めた。お願いだからもう少し待ってくれ、自分一人じゃやってけないよ、と。

「僕だって君を頼りにしてるんだ」

それがあまりに真に迫っていたので、私はちょっと驚いた。そういう修を、今まで見たことがなかったからだ。私は明快な返事をせずに歩き続けた。崖を歩き、小川の流れに逆らって歩くとちょっとした小高い丘に着いた。陽は陰り始めていた。空は澄んだブルーに変わっていた。その色も刻々と変化していた。私たちは丘の上で休憩し、座り込んで、没して行く風景を見つめた。私はさっきまでの憂鬱を忘れかけていた。青く染まる風景は美しかったが、同時に何か切ないものを感じさせた。道がもうすぐ見えなくなってしまうのに家路を急がないのは、この風景の怪しさが自分を引きつけるからだった。その風景に、目が離せなくなっていた。

ふいに、隣に座っている修の手が、私の肩の上に止まった。肩の上にしっかり手を置いて、それを強く摑むようにした。私はちょっと変な感じがした。

「きれいだなぁ……」

修の言ってるのは、この空の色だった。私は体を固くした。

「僕の事、嫌いじゃないだろう?」

私は戸惑った。修の顔を見ると、いつもと変わらぬ笑顔を私に向けていた。

「え?」

私は尋ねた。修がフッと吹き出した。

「何、それ……。人が真面目に聞いてるのにさ……」

私が微かに首を振ると、それを合図のようにして、修は私を腕の中に引き寄せた。

私は修の腕の中に倒れこんだ。俯《うつむ》いていたが、やがて修の顔が額に降りてきて、修の唇が私の顔の上を滑った。すぐに私は唇を捕らえられた。最初は固く口を閉じていたが、二度三度と修は私の唇をこじ開けて入って来た。修の唇は熱かった。

「どうしたの？　……どうしちゃったの？」

修が離れると、私は尋ねた。修は髪を掻き上げ、闇に没しつつある景色を見つめた。

「どうしちゃったって……、そんなに変かい？　……」

いつもと変わらぬ声だった。

「理由はないよ。こうしたくなったから、してるだけさ……」

私は驚いて修を見つめた。……そうか、この人も男だったのだ、とその時初めて気づいた。……そうだ、私だって修が嫌いじゃない……。でも、修は塔子を愛していたと言っていたではないか。……私は混乱していた。修は私を引き寄せ、倒した。草の匂いと、修の体の重みと熱い息が頬にかかり、それだけが世界の全てになった。だが、修はもうそれ以上行動を起こすことはなかった。修は私から離れ、立ち上がった。やがて私たちはそこを後にした。ちゃんと家まで帰れるのか、一抹の不安はあった。歩くしかなかった。歩きながら、私は黙りこくっていた。

「怒ってるの？」

修が尋ねて来た。

「あなたがこんなことをする人だとは思わなかった。……ショックなのよ」

私は答えた。空に向かってヒュー、と修が口笛を吹いた。

「どうして？　僕はごく普通の男だよ」

「でも、塔子には手を出さないでしょう？」

「彼女は特別なの。他の人には普通だから……。手を出したくなったら出す。ただそれだけだよ。……迷惑だった？」

私は首を振った。そんなことはない。そんなことはないけど……。

私は自分自身に当惑していた。


私たちが家について十分もしないうちに、玄関の方で物音がして、塔子が帰って来た。ひどく上機嫌で、テーブルの上に持ち帰った紙バッグを置き、買った洋服を広げて感想を求めたりした。寿司折を紙バッグから取り出し、積み上げた。

「まるで観光旅行だな」

修が茶化した。私は何となくこの場にいたたまれなかった。食欲がないからと言って、さっさと部屋へ引きあげた。

翌日、塔子はしばらくやっていなかった白刺繍を籐の籠から引っ張り出してやり始めた。私も何となく付き合って、川を見下ろせるサンデッキの椅子に寝そべった。塔子は昨日行った病院の先生の話を始めた。

「すごく優しい先生でね、私の話をとっても丁寧に聞いてくれるの。……何でも話していいって言ってたけど、初対面の人にそんなに何でも話せるわけ、ないわよねぇ……」

塔子はくつろいだ顔をしていた。

「でも、とっても気が楽になったわ。一週間に一度、話に来てみませんかと言われたわ。一週間に一度……いいえ……三日に一度でもいいくらいよ」

「良かったわねぇ、いい先生に出会えて」

私は心の底から言った。私の中でまた別の思いもあった。……この塔子の明るさは何なのだろう……。塔子は完全に元に戻ったように見えた。しかし、それは多分、塔子の服用している薬のせいなのだ。

「でもねぇ、もうここにいられるのもあと二週間でしょう？」

顔を曇らせて塔子が言う。そうなのだ、二ヵ月間の休みが、あと二週間で終わってしまう。「九月になったら新学期が始まるのね。病院へ行けるのも、あと一度きりよね……」

私は考えた。本当に塔子はこのまま東京でやって行けるのだろうか？　あの、閉鎖的なマンションの部屋で、壁に囲まれて、助けを呼べる人もなく、暮らして行けるのだろうか？

「そのことなんだけど……、暫くお父さんの所へでも行ってみたらどうかしら」

塔子は仰《の》け反るように笑い転げた。

「やだぁ……。私なんか、邪魔者よ。若い奥さんと小さな子供がいるんだもの。そんな所に行ったら、かえって気を使っちゃうわぁ」

「じゃ、お母さんの方のお婆ちゃんは？」

少し考えて彼女は言った。

「ダメね……、あそこも長男の家族と同居してるから。孫が私より年上の男の人なのよ。嫌だ、そんな人と一緒に暮らすなんて……。それに私、お婆ちゃんとはあんまり会ったことがないのよ」

私は黙り込んだ。塔子の抜き差しならぬ状況が、理解できたからだった。塔子は自分を奮い立たせるような声を出した。

「あなたが来てよ！　あなた、時々来て私と一緒に暮らしてよ！　ねっ？」

様々な考えが頭を巡ったが、とりあえず私は頷いた。

塔子が寝静まってから、私は修と廊下で落ち合い、庭に出て腰を下ろし、塔子のこれからについて語り合った。実は、塔子が病院へ行った日の翌日、修はそこへ出かけて行って担当の医師と会って来たのだった。修は塔子の様子のありのままを語ったが、医師の話によると、塔子は自分の状況の大半を話していなかったらしい。いずれにしろ、もう一度きちんとした診察をしてみないと……と言葉を濁し、是非次は彼女と一緒に来てくれませんか？　と修は頼まれたと言う。しかし修は明快な返事ができなかった。

「でも、あの……。彼女はプライドの高い人ですので……」

そうでしょうね、見ていて解りましたよ、と医師が呟いた。

「もう少しこのままで様子を見ましょう。何か変わったことがあったら、すぐ連絡してください」

このまま様子を見て行くしかない、と私たちは話し合った。

「俺たちの事は絶対に気付かれないようにしよう」

修の使う「俺たち」という言葉に、私はドキリとした。

「外で会おうよ」

修はなかなか強引だった。私はいつでも顔を合わせているのだし、その必要はないと答えた。

「俺は二人だけになりたいんだよ」

それは私も同じだった。家にいる時、修は塔子と私にとても神経を使っているのが分かっていた。自分を抑える力が強ければ強いほど、心は奔放になるものだ。修の気持ちを感じて、私は黙り込んだ。外で会うとすれば、仕事が終わる五時以降だ。しかし毎日六時には帰って来る修がその時間、家にいなかったら、塔子は不審に思わないだろうか。私だって同じことだ。毎日朝から晩まで家にいるのに、その時間だけ何の用事を作って外へ出ると言うのか。

「一緒に住んでるって、案外面倒くさいもんなんだな」

修の素直な言葉に、私は同意した。

「……でなければ、夜中、車で町まで出るか……、だな……」

「そんなことしたら、塔子に見つかるわ。それこそおかしい、って……」

名案は思い付かなかった。

「悩んでてもしょうがない。近いうちに外で待ち合わせよう。週末の五時に、うちの店の近くのベルっていう喫茶店で待っててくれる？」

私は承諾した。

週末の午後五時きっかりに、ベルの前まで来ると、ドアの前で修が待っていた。彼の後をついて路地裏を行くと、そこに車が止めてあった。

車は郊外へ向かって走り出した。修は、自分たちは無駄な時間はないのだから、というような事をボソボソと説明した。車は真っ直ぐ目的地へ向かっているようだった。「どこへ行くの？」とは聞けなかった。緊張感が流れた。車は小さなサーチライトを点し始めた。対向車もわずかな山間の道を、車は走って行く。

「ゆっくりできるところへ行こう」

修が言った。車が一山越えたあたりから、人家や商店街が姿を見せ出した。車は道路沿いの、白い建物の中へ、迷うことなく入って行った。

町の中にあるわけでもないホテルは、意外にもシンプルで落ち着いていた。カーテンを閉め切った部屋で、修と二人きりになった時、私は不思議な安堵感に包まれた。

白い壁やカーテンを背景に、修は今までとは違った別の人間に見えた。私は向き合って初めて修の顔をしげしげと見た。決して私の好みの顔立ちではない。しかし紛れもなくここにいる自分と共に生き、共に呼吸し、悩み考え、自分の言葉を受け止めてくれる人だった。それは今、どんなものよりも重い事実だった。ここ一月半生活を共にしたものが感じる、共感とも友情ともつかぬ、絆が、私たちの間にはあった。その引き締まった体つき、日焼けした肌に、私は愛しさを感じていた。

その夜、私たちはとうとう家には帰らなかった。

私が帰宅したのは、夜も明けきらない早朝だった。

いつもの時間に私が台所へ立って朝食を作っていると、塔子は二階から降りて来た。頭痛がしてたまらない、と塔子は言いテーブルに向かって新聞を広げた。朝食を食べながら、塔子が尋ねた。

「あなた、昨日どこへ行ってたのよ」

私は考え抜いた嘘を口にした。

「夕方、修さんと修さんの友達と落ち合って朝まで飲んでいたの。……ごめんなさい、連絡もしないで。で、明け方、二人と別れて帰って来たの」

「修は？」

嘘をつくやましさに、心が震えた。

「二日くらい家に帰るって。……何か、用事が出来たらしいの」

塔子は意外そうな顔をした。

「へーえ、そう。珍しいわね」

私は話題をそらそうと、塔子の今の気分を聞いた。

「薬のお陰で今は落ち着いてるけど、体がやる気をなくしちゃってるのよ。やっぱり昼間は目いっぱい動かないとダメね」

「そうね……」

その日は塔子の為に、野原を歩き回ったり、海まで出かけ、海岸線を散歩して時間を潰した。


部屋へ戻って一人になると、無性に修のことが思い出された。私はここに来て、修と初めて会った時のことを思い出した。あの時は何も感じず、ごく普通の、ありふれた人間にしか見えなかった。ところが今はどうだ。自分でも説明のつかない思いに心を焦がされている。自分の心の中から溢れ出て来る、暖かい思いは何なのか……。

私は思った。現実というものは、こういう風に思わぬ方に転がっていくものなのだ、と。自分がいくら強く願ったとしても、願った方向へ行け、そこで望んだものが手に入るとは限らないのだ。


私は塔子が語っていた修の人物像を思い出した。

「自然に同化しているような人……、いつもそこに、ごく自然にいてくれる……、男性の嫌な面もないし、荒々しさもない。淡白で……、欲望を浄化してしまったような……、安心できる人」と……。

そうだろうか。私にとって修はそんな絵に描いたような人物ではない。ちゃんと人間臭さを持っている。平凡な人間だ。なぜ塔子にはそれが見えないのか。なぜ人間をそうやって自分の作ったイメージに固定してしまうのか。……私には分からなかった。

修は二日経って帰って来た。少なくとも、私たちの間に変化は起こらなかった。皆がそれぞれの役を上手に演じていたからだ。

しかし、夏休みが終わる前にそれは起こった。前日の夜は蒸し暑く、重い空気がまとわりつく、寝苦しい夜だった。翌日の午前中、黒い雲が空一面を覆いつくしたかと思うと、たまりかねたように雨が降り出した。次第に激しく、木や地面を叩き始めた。休日だったので修も家にいた。間もなく空は黒くなり、鼠色の雨で外は見えなくなった。家の中は夕方のように暗くなり、すぐに雷の音が頭上から間欠的に鳴り響いて来た。

私の心も何となく重くなった。

私たちはそれぞれの部屋へ引きこもった。ここを引きあげる日が迫っていたので、私は荷造りを始めることにした。

午前中はそうやって過ぎ、午後からは三人が寄り集まって来て、トランプ遊びを始めた。家中の硬貨を掻き集めて賭け合い、大いに盛り上がった。十数回にわたる勝負は塔子の圧勝に終わった。私は僅か三百円の残金になり、修は一文無しになった。カードに飽きた私たちは、修が買いこんでいた３Ｄの本を部屋から持ち出し、騒ぎながら回し読みした。騒いだので、夕方にはすっかりくたびれてしまった。その頃になると雨も止み、しらじらとした空が辺り一面を明るくしていた。

塔子は疲れたので少し休むと言って部屋へ引きあげた。

私と修は外へ出て、庭の隅にある野菜畑へ行き、夕食の材料になりそうなものを摘み取ることにした。野菜を採りながら、修はさりげなく気持ちを伝えて来た。

「一緒にいられるのも、あと少しだろう？」

私は答えなかった。

「もう一度、二人になる時間が欲しいな」

修は笑って言った。私は考えてから、「そうね」と答えた。しかし、それは不可能に近い話だった。

「でも、無理よ……。いいわよ、私、あなたの所に遊びに来るから。それまで待って」

「そうかい……」

修は嬉しそうな顔をした後で、少し名残惜しそうな顔に戻った。

「塔子がいなけりゃな……」

私はその言葉にドキリとした。残酷な言葉だと思った。

「そう言わないでよ。あなた、塔子を守るって言ってたじゃないの……。お願いだからずっと守ってやって。……ね、お願い……」

修は私の真剣さに少し驚いたようだった。

「あ、……うん。……ごめん……」


その夜、いつものように夕食を済ませ、修は部屋に引きあげ、私と塔子が食事の後片付けをした。塔子に別に変わった所はなかった。

十一時には灯りを消して休んだ。その一時間後だった。深い眠りに差し掛かっていた私の耳に、キンキンした女性の声が響いた。眠りの中で、私は誰かがこの近くを歩いていて、酔っぱらって叫んでいるのだろうと考えた。

しかしその声は徐々に大きくなり、眠りを破った。声は階下から聞こえていた。何かを叫び、泣いている。……それは確かに塔子の声だった。私は飛び起きた。……何か悪い夢でも見たのだろうか？　……しかし、叫んでいるということは、相手がいるということだ。だとすれば、それは修しかいない。鳴き声は段々酷くなった。塔子がこんな状態になるのは初めてだった。一体何が原因でこのような状態になっているのだろうか。私は起きて、階段を降りて行った。

階段の中ほどで、私は体が凍り付きそうになった。塔子は台所に立って、修をなじっていた。……私は耳をすました。……それは私と修のことだった。階段に立ったまま身動きできなくなっている自分がいた。塔子は、私と修が、自分をのけ者にして恋に熱中してると言っていた。堂々とすればいいものを、自分に分からないようにコソコソと付き合っている、と叫び立てていた。私は覚悟を決めて階段を降りて行った。二人が振り向いて私を見た。塔子の顔を、私は見ることができなかった。二人の傍へ行って視線を落としたまま、「ごめん……」とやっとの思いで言った。

私たちは、たった一つ点けた照明の下で、テーブルを囲んで座った。叫び過ぎたせいか、塔子の声は掠れていた。

「……ずっと変だと思ってたのよ……。でも今日はっきりと分かった。一日中あなたたちの事を見てて」

塔子は修の目を見つめていたが、私はまだ彼女を見られなかった。

「……あなたたち……、お互いを好きになったの……？」

塔子が聞くと、修は平然と答えた。

「そうだ」

毅然とした言葉に塔子は怯み、言い淀んだ。だが、そんなことで引き下がる塔子ではなかった。

「いつからなの？　……もう出来てるんでしょう？」

赤裸々な、身も蓋もない言葉は、私の心を傷つけた。

「ああ、いつからって……、そんなことを君に言う必要があるか？」

「あの、二人で外泊した辺りね」

皮肉っぽく、塔子は言った。修はすっとぼけた口調で言った。

「さぁ……。勝手に想像したらいいさ……」

私は恐る恐る顔を上げて、塔子の顔を見た。頬に涙の跡が何本も付いていて、目と鼻は赤かった。私は不思議な思いに打たれた。何でこの人はこんなに泣いているのか。他人の恋愛がどうしてそんなに重要なことだと言うのだろう……。

「今日一日、私たちを見ていて分かった、って言ってたわよね。どんな風に見えたの？」

私は尋ねた。ゆらりと笑って塔子は話し始めた。

「修の気持ちが私にないってことを、嫌と言うほど感じたわ。あなたたちは同じ所で笑ったり、お互いに見つめ合ったり、些細なことでかばい合ったり、……親密だった。空気が前と違っていた。……いいムードだった。そんな所で一日中、あなたたちに合わせていた私の身にもなってみてよ。あれに気付かない奴がいたら、よっぽど鈍感か馬鹿だわ。それほど仲良かったのよ、あなたたちは！」

私と修は顔を見合わせた。……そうか、そうだったのか。そういうものは自ずと現れてしまうものなのだ。私は初めて知った。

「……出て行きなさいよ……」

低い声で塔子は言った。

それが誰に向かって発せられたものか分からず、私は塔子を見た。塔子の目は私に注がれていた。それは、今までに見たことのない、憎悪の籠もったまなざしだった。

塔子はまくし立てた。その声が高いので、私は半分しか聞き取ることができなかった。

……それは、私が一方的に修を誘惑し、修が断り切れずにやむなく乗ってしまった、という内容だった。私がそんなことのできる人間か、考えれば分かるはずなのに、塔子は創作して話していた。塔子は修が自分を裏切ったことを、絶対に認めたくなかった。塔子は自分のプライドを最後まで保ちたかったのだ。だが、私には塔子の気持ちが分かりすぎる程分かっていた。

塔子の言いがかりに反論する気もなく、私は黙っていた。

私は決心した。とにかく、この場から出て行かねば、収まりがつかないだろう。

「分かった……、出て行くわ」

私は居間の時計を見た。零時五十分。雨音はとうに止んでいた。月は出ているのだろうか。月が出ていれば、どこまでかは歩けるだろう。今の時間、タクシーは来てくれるのだろうか。様々な考えが頭を過ぎった。とにかく、ここから出て行かなければならない。私は塔子と修の間を抜けて、階段を上がって行った。

「馬鹿なことは止めろ！　今何時だと思ってるんだ。塔子、佐和子さんを責めるのは止めてくれ！」

塔子の低く、くぐもった声が聞こえて来た。私は立ち止まった。

「責められて当然の事をしたのよ、佐和子は。ここが誰の家か知ってるでしょ？　私の家なのよ。佐和子、家主に背いたものは、とっとここを出て行かなきゃねぇ。……、それぐらい、あなたも覚悟してたんでしょう？」

「背く？　……何それ？　……修さんがあなたにとってそんなに大切な人だとは知らなかったわ。……でもね、塔子。これだけは言っとく。……人の気持ちに縄はつけられないのよ」

振り返って見た塔子の顔はさっきとは違っていた。塔子の神経の病がまたぶり返したかもしれなかった。私は階段を駆け上がった。

コートを着込み、バッグを持って私は別荘を出た。幸い寒くはなく、月が冴えた光で地上を照らしていた。　私は庭を横切り、別荘を後にした。

私はがむしゃらに林道を歩いて行った。立ち止まればたちどころに心細さと恐怖でその場にうずくまってしまいそうだった。足音が、ガツ、ガツと体の中を駆け上がって来た。少しして私は微かな音を耳にした。私は立ち止まり、音がどこから聞こえてくるのか確かめようとした。音は私の背後から聞こえていた。次第に高くなり、車のエンジン音だと分かるまで時間はかからなかった。まもなく白い光と共に一台の車が姿を現した。車は私のすぐ後ろで止まった。運転席の窓から修が顔を出した。

「佐和子、乗るんだ！」

助手席側に回って車に乗り込んだ。

私は驚かなかった。どこかでこうなることを予測していたような気がした。

車は走り出し、ゆるゆると坂を下り始めた。修に尋ねなければならないことは沢山あった。これからどこへ行くのか。なぜ追って来たのか。塔子とどんな話し合いをしたのか。彼女の様子はどうだったのか。だが、私は何一つ言い出せず、前を見つめていた。時は刻々と過ぎて行った。車は町へ向かう道路をくねくねと走っていた。その頃になって私はようやく口を開く気になっていた。

「どこへ行くの？」

「どこへ行こうか？」

「塔子には何て言って来たの？」

「……とにかく、佐和子を送って行くから、って」

「そう……」

私の頭の中に、さっきの塔子の姿が焼き付いていた。心配でならなかった。

「わたし、町の中のホテルに泊まるから。あなたはそこから帰って……」

私たちは車を道端に止め、話を始めた。塔子の病気がぶり返すかもしれないと言い出すと、修は小さく笑って言った。

「もういいじゃないか。僕は今までずっと何年間も塔子に尽くしてきた。塔子の母親から頼まれた事もあるけど、純粋にボランティアのようなつもりでやって来た。……そりゃあ、僕は塔子が好きだった。ある意味では敬意も払っていたし、何でもわがままを聞いて来た。……でも、もうそろそろいいじゃないか。……これが限度だとは言わないけど、僕にだって僕の自由があるはずだ。……塔子を守る義務なんて、どこにもないんだ」

それはそうだ。良く分かる。何も修は無償の行為をこれ以上塔子に続ける義務はない。けれど……、長く続いた愛情だから、今後を見届けたいという気持ちはないのか。放っておけないのではないか。いわば、私という関係より、塔子との関係の方がずっと強いのではないか。私はそれを口にした。

「いや……、たとえ強くっても、見返りのない愛情は、どこかで断ち切るしかないだろう。……どこかで……」

修は至って冷静だった。

「でも、彼女には面倒を見てくれる身内がいないのよ。父親とも、お母さん方のお婆さんとも付き合いがないし……」

「だからって、他人の僕たちが手を貸せるわけがないんだ。第一、僕たちに何ができる？　君は学生だし、僕は親の手伝いをしている、不安定な身分だ。いいかい？　付き合いのない身内でも、身内は身内なんだ。僕たちとは違うんだよ。彼女と血の繋がった大人たちが相談して彼女の今後を決めればいいんだよ。そして、本当に病気ならちゃんとした病院へ入れるか、家庭に迎え入れるかを決めりゃいい。……それが筋なんだ。僕たちの出る幕じゃあない」

「そりゃそうだけど……」

フロントガラスを小雨が叩き始めていた。サーチライトの中に細かい雨の線が無数に浮き出ていた。

「でもとにかく、今の時点で力を貸せるのは私たちだけでしょう？　塔子はあんな人里離れた別荘にたった一人でいるんだから。私は……もう役に立たないけど……。……あなただけなのよ、力を貸せるのは。だからお願い、すぐに戻って。彼女の様子を見てやって。そうじゃないと、今から彼女どうなるか分からないわ」

修はうな垂れていた。少し考えてから、顔を上げた。

「いつもいつも、他人が力を貸してやるのもどうかと思うんだ。そういうことが結果として彼女を弱くしてしまってる原因かもしれないし……。何とか自分の力で立ち上がる事はできないものだろうか……。……でも、今の僕には君の方が大事ってことなんだ。……折角ここで君と二人きりになれたのに、またあの気の滅入るような家に帰っていくというのは、どうも……」

私だって、ずっと修と一緒にいたい。

「でも、また会えるから。私たちは、いつでも……」

私はやっとの思いで言った。

「そうかい、また会えるかい……」

修は嬉しそうに答えた。修は私を引き寄せた。胸の奥から、切ない思いが堰を切ったように流れ出してきた。

「もう一緒にいられないのね」

言葉が詰まって、涙がこみあげて来た。

「でも、会いに行くから……。絶対に」

修は私の眼頭の涙を拭った。

「……うん……」

修はこれから別荘に戻って塔子の様子を見続けることを約束して、帰って行った。私が東京へ戻ったら、塔子の父親と連絡を取り、今の彼女の様子を知らせる。それが駄目なら彼女の祖母と連絡を取り、何らかの相談に乗ってもらうこと、を私たちは相談した。そしてどちらかの保護者に塔子を渡すまで、修は塔子に付き添うと言ってくれた。その夜私は、町の小さなホテルでぐっすり眠ることができた。

二ヵ月ぶりで帰って来た東京の自分の部屋に、私は妙な違和感を感じた。部屋は音もなくひっそりとしていた。そうだ、私はここで生活していたのだ。自分は勉強を本分とする学生だったのだと気づいて、私は目が覚めたようになった。それほど、別荘での生活は現実から掛け離れていたのだろうか……。

悲壮な決心をして私は塔子の父親に電話を入れた。私は緊張していた。話すべきことを全部メモし、臨んだのだが、父親が出た途端、声のイメージがかけ離れていたために、話がスムーズにできなくなってしまった。

塔子の父親は声が高く早口で、私が話し始めると聞いているのかいないのか分からない返事になり、「はぁそれで」と結論を急かすのだった。話が伝わっているのか、甚だ疑問だった。一通り話し終えると、「お話は分かりました」と重々しく言った。私はホッとした。しかしそのあとすぐ、「あの子は大体昔から気性の激しい子でして、理解できない事をするのはしょっちゅうでした」と言い、「まぁ大抵は放っておけばそのうち元に戻ってしまうのです。他愛のないものなのです」と続けた。ちがう、もっと深刻なことなのだと私は叫びたかったが、この父親の思い込みを覆すのは難しいだろうと思われた。私が黙っていると、父親は何か察したらしく、「ですが、まぁ分かりました。折角お電話を頂いたのですから、一度娘に会いに行ってみましょう」と言ってくれた。私は修の電話番号を教えた。

その夜、修から電話があった。店からの電話で簡単な会話しかできなかったが、塔子は落ち着き、普通に暮らしていると言う。病院へ通い始めたので、東京へ戻るのは多少遅れるという事だった。塔子の父親が塔子と会ってもいいと言っていると伝えると、修はできるだけ早くそうして欲しい、自分は早く塔子から解放されたいのだと、珍しく気弱な声で言った。

次の週、再び修から電話が来た。その日、塔子の父親が別荘へやって来たと言う。

修はたった今、塔子の父親を駅に送った帰りだと語った。

「ここへ来るのも急な話でさ、今朝、駅まで来てるから迎えに来て欲しいって電話で連絡してきたんだ。こっちの都合なんかまるで無視してさ……。慌てちゃったよ。ここへやってきて、お父さんと話をしたんだけどね、何だか話の噛み合わない人でね。……ちょっとせっかちというのか……。塔子は適当にお父さんと話を合わせているのに、本人は気づかないんだよ。……で、少ししてこう言うんだ。『心配してたけど、別に塔子は何でもないじゃありませんか』って。僕もどう説明していいのか分からなくってね、何も言えなくなってしまったよ。すぐに東京に戻りたいからって言うんで、車で送って行った。良かった良かった、って最後まで連発してさ。……何だか人の話をあんまりきちんと聞こうとしない人なんだ。悪い人じゃないみたいなんだけどね。……僕も情けないけど、あっちのペースに巻き込まれちゃったよ……」

先日の電話の印象と一緒だった。修が父親に、塔子の母方の祖母について尋ねたところ、祖母は今脳溢血で入院しているとのことだった。

「それは大変だ、って思ったよ」

「そうだったの……。大丈夫なのかしらね」

塔子を身内に託そうという計画はおじゃんになってしまった。電話の向こうで修が明るい声を張り上げた。

「でさ……、塔子はこのまま東京に帰そうと思ってるんだ。うん……、塔子もそれでいいと言っている。とにかくいつまでもここにいちゃ駄目なんだよ。で、来週の土曜日、東京に帰す。それでいいよね？」

いささか驚いたが、それは二人の間で決定済みのことのようだった。私は曖昧に承知し、修との私的な会話はないまま、受話器を置いた。

三章　復讐

東京へ戻ってから私は部屋へ閉じこもり、外へ出るのは生活の用事を済ませる必要最低限の時間だけになった。新学期が始まると、仕方なく私は重い腰を上げ、大学へ出かけた。それも一番遅く講義室へ入って行って、終わればすぐにそこを出る。その後は区の図書館や町で時間を潰す、という具合である。構内をうろついたり、大学の図書館へでも行けば、同好会の人たちに会う可能性があった。

私は塔子を恐れていた。彼女は激しく私を詰《なじ》り、私は反論もせずにあの別荘を出て来てしまった。修とのことは弁解のしようもない。だが、別に後悔などしていなかった。あれはあれで自然な成り行きだったのだ。

一人アパートにいて、塔子のことを考えると、一緒にいた時とは別の感情が沸き上がってきた。それは塔子という人間の多面性、得体の知れなさだった。玲子が受けた仕打ちを私はこの頃になってありありと思い出していた。玲子はどうして塔子の恨みを買うようになったのだろう。そう言えば塔子が話していたことを思い出した。

「幸せの中にのうのうとしていて、自分を微塵も疑わない。恵まれた環境が当たり前だと勘違いしてる人がいる」

それは何人かでおしゃべりをしていた時だった。何かの話題から、塔子は突然険しい顔つきになってそう言い始めた。私たちは驚いて顔を見合わせた。私は薄々誰のことか気づいていた。

「根拠のないプライドと人を見下す傲慢さが他人を嫌な気分にさせてるって気がつかない。もう少し自分というものを疑って、悩んだり考えたりしなきゃ。そういう人の書く物もそれなりなのよ。一向に伸びやしないわ。人を斬るってことは、自分も同時に傷つけるってことだからね。自分を切れない奴に、他人を切れやしないわ」

塔子の話には熱が籠もっていた。塔子は暗に玲子を批判していたのだった。

そしてあの一連の事件だ……。私は背筋が冷たくなった。あれは全て、塔子の仕業に違いない。

あんなに楽しく伸び伸びと私たちは時間を過ごしてきたではないか……。あの素直さをどこで彼女はひねくれさせてしまったのか。

一方、塔子はどんな状況にあっても努力をしなかった。人に合わせたり、取り入ろうとしなかった。生来のプライドの高さが、そうさせたのかもしれない。そして気に入らないことがあると、あらゆる方法でそれを潰そうとした。卑怯《ひきょう》なやり方で……。

これらは、もしかすると彼女の境遇のコンプレックスから来るものではなかろうか、と私は思った。

ただ単に、塔子は恵まれた家庭で育ったおっとりとした人が気に障ってたまらないのだろう。塔子の中にはコントロールできない人格が幾つかあるに違いない。普段は見えない人格が、時としてひょっこり顔を出す。たとえば、それはどんな事でもする破壊的で冷酷な人格だったりする。その人間は、いとも簡単に人の心を踏みにじり、斧で切りつける。

……彼女と離れた今、もう彼女に対する憐憫《れんびん》はなかった。

私は同好会へは一度も顔を出さなかった。だがある日、大学の校門前ですれ違ったあかねの話から、塔子がまだ東京に戻ってきていない事を知った。

不審に思っているうちに、修から連絡があった。なかなか本人が帰りたがらなくてまだ東京へは戻っていないと言う。だがやっと説得できたので、明日東京へ帰すというものだった。修もついてくると言う。修は詳しい話をしたがらなかった。私は、修と会いたいとだけ告げた。

翌日の夕方、修は私の部屋を訪れた。日焼けした顔、赤茶けた髪、そして見慣れた服装、と何もかも一月前と同じなのに、私の部屋で見る彼はどこか違っていた。人なつっこい笑顔は私をたちまち一月前の時間に戻したが、笑顔が消えるとその顔は疲れを滲ませて老けて見えた。私たちは時間が経つのも忘れて語り合った。その日は私の部屋に泊まり、翌日の昼過ぎ、修は帰って行った。駅のホームで私は修を見送った。塔子から開放された彼は、どこか晴れ晴れして見えた。

私は久しぶりにノートを開いた。永野の、どうしても完成することのできなかったあの小説を、今なら書けるかもしれない、と思ったのである。

不思議な事が起こった。真っ白いノートを開いて注意を集中すると、頭の中で今まで散らかっていた資料や、あれこれ考えた思いや筋書きが混然と混じり合い、するすると一つの糸に繫がって出現して来たのである。それはさながら万国旗のような晴れがましさであった。私は書き始めた。猛然と書き始めた。内側から湧き出て来る、熱い力に突き動かされていた。書くべきことが後から後から溢れ、私はその力に身を任せ、手を動かすだけだった。書きながら私は、人間の滾《たぎ》るような本能、汚れた生命力、生きていく上で避けられないエゴイズム、その中身を覗き込んでいるような気がしていた。生きて行くという事は、多分こういう事なのだ。エゴや本能をむき出しにして転がっていくこと。あるいは、その凄まじいぶつかり合いなのだという事を、私はつくづくと感じていた。

私は我を忘れて書き続けた。部屋の窓の外で日が昇り日が落ち、闇が忍び寄り、長い夜が訪れる……。その単調な繰り返しの中で、私は終わりだけを見つめて文字を書き連ねた。そうして何日かたち、私はようやく原稿を書き上げた。二百枚の長さになった。書き終えた私は、今まで感じたことのない安堵感を味わった。……とにかく、書いたのだ。初め予定していたものとはだいぶ違ってしまったが、何かが、私を書かせてくれたのだ。

約一週間で推敲《すいこう》を済ませた。その後私は脱力感に取りつかれ、大学へも行かず部屋で過ごしていた。そんなある日、あかねから電話がかかって来た。

あかねは私の最近の様子を尋ねた。別に変わりなく、普通に暮らしていると、私は答えた。

「そう……」

私はあかねが何か探りを入れたがっているのかと考えた。

「何か用事？」

私は尋ねた。

「どうして部室に来ないの？　あなた……」

あかねは不思議そうな声を出した。私は塔子から何も聞いていないのだろうかと思った。

「うーん、何となく……」

「何となくって……。ちょっとぉ、たまには顔出しなさいよ」

あかねの声はいつになく馴れ馴れしかった。ふと思いついて私は言った。

「あ、そうだ。私、小説書いてたのよ。ほら、豊田事件の……。私が書いてたこと、あなたも知ってるでしょう？」

「そうそう、用事はそれなのよ。会報誌を冬に向けて発行しますから、原稿出してくださいって。締め切りは今月末まで」

私は驚いた。

「そう……、会報誌作るの。そう言えば、塔子さん、お変わりない？　元気？」

私は内心恐る恐る聞いた。

「やーねぇ、何言ってるの。変わってないわよ。元気よ、あの人が変わりっこないじゃない！」

あかねは甲高い声で笑った。その声を聴いて私は安心した。あかねは何も知らない……。塔子は夏にあったことを誰にも告げていないのだと……。


原稿用紙をバッグに忍ばせ、あかねが出席していた講義が終わるのを見計らって私は彼女に手渡した。塔子宛の封筒に入れた原稿用紙を、気にも留めずあかねは受け取った。その膨らんだ封筒が無事塔子の手に届くかどうか、私は気がかりだった。それを一体どう受け止めてくれるのか。……この時の気持ちが、私は未だに分からない。しかし、多分、その時の私は原稿が出来たことに浮かれて、前後の見境がまったくつかなかったのである。後で考えれば、この行動は「飛んで火にいる夏の虫」であった。

更に二ヵ月が過ぎ、季節は冬を迎えた。私はその間一度も部室には顔を出していなかった。ある日私のもとに、速達で小包が届いた。

開けてみるとそこには一冊の本が入っていた。緑色のつやつやした装丁だった。訝《いぶか》って中を見ると、見覚えのある文章が飛び込んで来た。私は驚いた。それは新しい会報誌だった。中に目を通し、私は首を傾げた。どこにも大学の名とか、同好会の会報誌であるとか一行も出ていないのだ。中は、私のあのノンフィクションめいた豊田事件を題材にした小説と、塔子の現代作家の批評が載っているだけだった。塔子のは短く軽い物なので、この本はまるで私が書いた小説の為に出したようなものになっていた。

私は慌てた。こういう本を作ることについて、何一つ聞いていなかった。なのにどうしてそれがこういう形になるのか。本にするという事は、世間に作品を公表するということだ。本人の了承がなくて、どうしてそれができるのか。この本について責任を一体誰が取ると言うのか。私は会報誌に載せると言う事で原稿を出したのだ。こんな形の本とは思っていなかった。私は頭を抱えた。確かにあれ以来私は塔子と顔を合わせてもいないし、一言も口をきいていない。修のことも私は認めたが、あの状態のまま、塔子との関係は凍り付いてしまった。何とか話し合う機会を作らねばならなかった。塔子の容態についても尋ねなければならなかった。なのにそれができなかったのは、私にも負い目があったからだ。塔子と会うのが怖かった。その一言に尽きるだろう。私は塔子が怖かった。それ以外の何物でもない。

ひたすら塔子から逃げていたのだった。

会報誌についての合評会を行うという連絡があかねから入ったので、私は所定の場所へ出かけて行った。嫌な予感はしていた。行きたくなどなかったが、あの本については、その大半を占める私が行かなければ、部としての顔が立たないだろうと思った。行ってもいないのに、変な所で常識が働いたものだ。塔子と顔を合わせるのは苦痛だったが、もう逃げられないだろうと思った。私は覚悟を決めて出かけて行った。


会場となった場所は、大学の裏手にある雑居ビルの一室だった。ドアの前に「アリシア女学院批評同好会・合評会」と言う仰々しい立て看板があって、私は違和感を感じた。ドアを開けて入って行って、私はぎょっとした。

会場は広く、椅子が中央を向いて丸く配置されており、一番前に一列に部員たちが並んでいた。そこに集まっていた人たちは三十人はいただろうか……。思わず後ずさりして帰りたくなった。入り口に佇《たたず》んでいると、真ん中の前列の席にいたあかねが立ち上がってこちらを向いて手を振っていた。

「佐和子さん、ここ、ここ……」

その声で、かなりの人が私の方を振り返った気がして、私は思わず下を向いた。私の席は、正面の中央だった。どの席からも顔が良く見て取れた。だが、まるでこれは裁判ではないか。私は一層落ち着かなくなった。他の部員は皆喜々としている。当たり前だ。自分の書いたものが批評に上がらなければ、責任はない。こんなことは楽しいイベントのようなものだ。……それにしても、ここにいる人たちは、心から参加したいと思ってやって来た人なのだろうか。それとも、駆り出された人なのだろうか……。

私はふと気づいた。塔子がいない。あかねに尋ねると、遅れて来る、ということだった。私はほんの少しだけ気が楽になった。

合評会が始まって三十分までは、会の雰囲気は上々だった。私の作品に対する評価はおおむね良かった。集まった人はどの人も良識派という感じで、適切な感想を述べてくれた。改めなければならない点も指摘してくれ、私はその一つ一つに納得した。会は和やかに進んだ。しかし三十分経った頃に一人の女性が会場に入ってきた。ドアを開け、スッとその人は現れた。人の目も会場の雰囲気もどうでもいい、と言うような、投げやりな態度が見えた。私はハッとした。塔子だった。塔子は長い丈の黒い服に長い髪を束ねて背中に垂らしていた。後頭部に留めたパールの髪飾りが目立っていた。私が知っていたどの塔子とも違う雰囲気だった。不思議な思いで私は彼女を見た。彼女は中央の最後列の椅子に座った。そして片手をスッと挙げた。会場はちょっと会話の途絶えた時間だった。あかねが塔子の方を向いて、「どうぞ」と促した。塔子は手に持っていた手帳を開いて喋りだした。低い、落ち着いた声だったので、誰もがすぐに聞き入った。

それは手痛い批評だった。主人公の愛人だったという女性の視点から書かれているが、その人間が薄幸で純粋で、この時代の人とは思えぬほど美化されていると塔子は指摘した。それは作為的に過ぎ、この事件の本質を見えなくする原因だと言うのだった。こういう小細工を弄せず、もっと別の視点からこの事件を描けるはずだと。もしそれができないなら、この事件を題材にするのは止めた方がいい。それほど危険で扱いにくい事件だと言う。それから塔子は細かい点を幾つか拾い上げ、矛盾点や文章の些細な誤りを指摘した。私は何か言わなければ収まりがつかないような気持ちになっていた。そこで立ちあがり、率直に聞いた。

「じゃあ、お聞きします。あなたなら……例えば、どんな切り口でこの事件を描きますか？……そこまで言うのであれば、何かいいアイディアをお持ちなのでしょう。教えてください」すると塔子は答えた。

「いいえ、いいアイディアなどありません。私ならこのような事件には興味を持ちません。余りに現実離れした事件ですので……、こういうものは怨念が絡んでくるので怖いですよね。もう少し単純な詐欺事件なら……、ギャグ仕立てにして劇にでもすれば面白いと思います」塔子はしらっと答えた。どこかの席からクスクス笑う声が聞こえた。その後、塔子に対する反論が出たが、塔子はそれを無視してまた私への批判に立ち戻った。

今度は文章の子細な癖から、私という人間の考え方を徹底的に洗い出し、叩きだした。それは殆ど、暴力的なまでのこじつけだった。私は呆れかえった。だが、誰もそれを批判できなかった。そのやり方が強引なのにもかかわらず、巧妙だったからである。何か言葉では言い表せない気迫のようなものが、塔子には漲っていた。私はその言葉を聞きながらうなだれるしかなかった。私に浴びせられる言葉には、全て塔子の憎しみが込められていた。私は黙ってそれに耐えた。会場は静まり返った。誰にも、何かを言う事ができなかった。私は時が過ぎるのを待とうと思った。……だが、それにしても、この場は余りにも雰囲気が壊れすぎていた。修復するのは不可能なように思われた。どうしてこうなってしまうのか、誰にも分からなかった。

私は考え直した。そうだ、自分が何か言わなかったら、この場はずっとこのままだろう……。私は深呼吸すると、意を決して立ち上がった。

「ご意見、ありがとうございます。部員から出た意見とは思えない厳しい内容で、私も身が引き締まりました。……ですが、私にも一言言わせてください」

大勢の人の視線を私は感じたまま喋っていた。一体この人はこれから何を言い出すのだろうと、この人たちは皆一様に思っているはずだった。

「……でも、今のが果たして批評と言えるでしょうか？」

私は辺りを見回した。

「こうは言えないでしょうか？　……愛情のない批判は批判じゃない。愛情のない評論も同じだと……」

私は少し間を置いた。

「先ほどの意見は、冷静な分析と、その奥にある憤りのようなものに基づいているのではないかと思いました。それは叩き潰すのが目的の、激しい敵意のようなものです。……潰すための会じゃないんです。悪い点を指摘し反省し、長所を伸ばす為のものなんです。私にはどうしても、先ほどの意見の目的が違うように思われてなりませんでした」

少しだけホッとした空気が流れた気がした。しかしすぐに塔子が反論して来た。

「そんな甘っちょろいことばっかり言ってるからこんな物しか書けないのよ。だからお遊びだって舐められるんだわ」

私はさすがにムッと来た。だったら何も手間暇かけ、お金まで使ってこれを出版しなければいいではないか。そうしたのは、当の本人ではないか。

だが、その時私は気づいた。……そうだ、これは塔子の陰謀なのだ。塔子はわざとこれを作った。出版して大勢の人を集め、徹底的に私を叩き潰すつもりだったのではないか……と。私は玲子と自分を一瞬ダブらせた。自分も玲子と同じ立場に立ったのだ。

私は塔子に恨まれている。不当に……。塔子は私を憎んでいる。痛めつけようと思っている……。私は背筋が寒くなった。場はまた白んだ。すると一人の男子学生が手を上げた。

「何か変ですよ、さっきから……。これ、本当に合評会なんですか？」

「と言いますと？」

あかねがすぐさま聞き返した。

「まるで合評会に名を借りたケンカみたいだ」

辺りは静まり返った。私も塔子も何も言えなかった。

別の学生が言った。

「……こんな大勢の前でないと、できないケンカなのかい？」

隣の人が口を挟んだ。

「一体どんなトラブルがあったんだい？」

「それを聞いた方がよっぽど面白かったりして」

女子学生が茶化して言った。周りから笑いが漏れた。

「よせよ！」

さっきの学生が叫んだ。

「だから学生のやる事は下らないって言われるんだ。遊び半分のものなら、始めからやるなよ！」

私は唇を噛んで聞いていた。誰かが席を立った。それに釣られて二人、三人……と、席を立つ人が増えた。皆ゾロゾロと、部屋を出て行き始めた。

やがて三分の二の人が退出した。残った人たちも、何か言いたそうだった。

あかねが、懸命に場を取り繕おうとしていた。

「あの……、皆さん、困ります。……まだ終わってないんですから……、残った人だけでも話し合いましょう……」

しかしその人たちも次々に席を立ち始めた。一人があかねの方を向いて言った。

「あんたたちね、こんなもの書いてるより、まず自分たちの足元固めたら？　その方がずっと有意義なんじゃないの？」

私と塔子が黙っているので益々事態は悪くなっていくようだった。前列に座って好意的な意見を言ってくれた男性が席を離れながら言った。

「どうせ原因は……」

語尾が消えたその言葉は私には耐えがたかった。

そして最後の一人が部屋を出て行く時、振り向いて私たちを一瞥し、言った。

「あんまり、人を利用しない方がいいよ」

こんな後味の悪い合評会は初めてだった。私はその後すぐに会場を出て、腹立ち紛れにやたらと町を歩き回った。夜、部屋へ帰った頃には疲れ果てて何かを考える気力もなくなっていた。横になっても、昼間の馬鹿馬鹿しいシーンが浮かんできて気持ちを掻き乱した。新聞紙で本を包み、姿が見えないようにして私はそれをゴミ箱に放り込んだ。

私は、自分の身の上に必ず何かが起こると思っていた。例えば、玲子がそうだったように……。玲子の時は、郵便物を撒かれ、ポストに石を詰められ、腐った食べ物を部屋のドアにかけられたりした。そして噂を流されたりしたのだった。

しかし、私にそれは起きなかった。心構えはできていたのだが。

何ヵ月かして、予想は的中した。それ以上の出来事が起こった。驚いたことに、まったく通常の商業出版という体裁で、塔子は本を出したのだった。

たまたま書店で平積みにしてある本を私は見つけた。塔子はペンネームは使わず、本名を使っていた。

「桜の丘の恋人たち」と甘ったるい題をつけてある。中身を読むと、私がこの夏過ごした別荘での出来事をなぞったように書いてあった。登場人物は三人、塔子と修と私、勿論塔子と修の名前は変えてある。どういう訳か私の名前は一字違いだった。ひと夏の出来事として、かなり事実に即して書かれていた。私に当たる人物が、コロコロと姿を変えるカメレオンのような悪女に描かれていた。かなり娯楽小説を意識した筋になっていた。しかし、後半、私の読む手が固まった。私が別荘を後にしてからの後の話が綴ってある。その一部始終が丁寧に書いてあった。それは、残った二人が親しい関係になる経緯だった。二人の間に友情以上のものが芽生え、大人の愛情に発展していく。緻密に、執拗に書いてあった。私は少なからずショックを受けた。ここに書いてある事が事実だとすれば、二人は恋人同士になったということだ。

まったく、予想もしなかったことに私は当惑した。しかし……これまでの事を考えれば、あり得ないと考える方が妥当だった。

もし事実なら、単にそれを彼女が私に打ち明けるだけでいいではないか。私は別に構わない。現実を直視すればいいだけの話だ。でも、ここまで執拗に物語を書くということは何か別の目的があるからなのか。

動揺が収まらなかった。読まなければ何ともなかったのに、小説の描写や会話、台詞が脳裏に甦って私を傷つけた。思えば、それこそが彼女の狙った復讐だったのだろう。

私は修にそれとなく話をし、小説が事実かどうか尋ねた。かなりの決心だった。だが、修は軽く笑い、「冗談じゃない、嘘もいいとこだよ」と一笑に付した。

私は彼を信じる他なかった。一方疑心暗鬼もあった。本当は塔子と深い絆が出来ているのではないか。でもそれは自分で気持ちのけじめをつけるしかなかった。

何故こんな手の込んだことまでして人を貶《おとし》めたいと思うのだろうか。また、こういうものを書く客観性が今の塔子にあるのだろうか？　とも思った。もしかすると、塔子は他の誰かに頼んで小説を書いてもらったのかもしれない。

これは書店のみならず、大学近くの喫茶店や公共のセンター、理髪店の待合室にまでばらまかれていた。私としては、知らぬ存ぜずを決め込むだけだった。

やがてじわじわとこの本の影響が出て来た。

人から人へと伝わる話は、思いがけない尾ひれをつけられ、面白おかしく吹聴される。いつの間にかとんでもない話に発展して行った。もう、私には取り繕いようがなかった。

私は自分を守る術を知らなかった。気づいた時には、同級生に好奇の目で見られていた。次第に、私は自分を取り巻く全ての事に我慢ができなくなっていた。

悩んだ末、休学届けを出して一時実家へ帰ることにした。そして時が過ぎて、大学へ戻る気になれなくなった私は、別の大学へ編入する決心をした。

その間の私の気持ちを、どう表現したらいいのだろう。

例えようもない寒々とした気持ち……、惨めさ、敗北感……。そんなもので私の心は溢れていた。自分は決して悪いことなどしていない。なのに、こういう結果になってしまったという理不尽さ。自分には何一つそれに対抗する力がないのだという事実が、たまらなく悔しかった。この卑怯な行為に対して、力になってあげましょうと名乗り出る人はいなかった。アリシアの学生たちは、不正に対して行動を起こすような覇気のある人などいなかったのだ。何かを眺め、それに対して口は出すが、自分の手を汚すかもしれないことなどに関わりたくなかった。そして、余りにも理不尽すぎて押しつぶされるしかないものは、結局そこから逃げ出すしか手がないのだった。

私は塔子に聞いてみたかった。私のどこがそんなに気に障ったのか。修との関係か。私の態度か？　……それともそれら全ては関係がなくて、塔子の精神状態の悪化から来るものだったのか？　……しかし、聞いてみたところで、今更どうしようもないのは分かり切っていた。腐った野菜や肉の異臭に蓋をして、一刻も早くそこから逃れたかった。どこまでも体に絡みついて来るねばねばの糸を断ち切って、私は自分自身を取り戻したかった。心身共に、清潔になりたかった。

そうして私は、三年半に亘るアリシア女学院の学生生活に別れを告げた。

翌年、私は神奈川にある私大に三年として編入し、新しい生活を始めた。実家に落ち着き、片道一時間半の道のりをそれなりに楽しみながら通った。

私はクラブにも入らず、友人を作るのも避けた。一人の時は本を読み、ひたすら文章を書いた。私は数年前に起きたある事件に興味を抱いていた。資料を集め、取材を始め、事件の中に見える人間の、人間らしい姿を見つめてそれを書いた。私は書くことに没頭していた。

四章　社会人

大学を卒業してからは、まったく新しい人生が開けていた。私は建設機械の会社に就職し、何年か後海外勤務を希望してドイツへ渡った。

まさか日本から一万キロも離れた国へ住むとは思っていなかった。冬の寒さを除けば温暖なドイツ一の都市ベルリンは日本人社会もある住み心地のいい場所だった。先進国の都市はどこも似たようなものだ。要塞の中で一定の場所を行き来するような生活だった。日本の文化や社会と隔絶した二年間を過ごし、そこから南部のミュンヘンへ移った。南ドイツは私には住み易かった。

自然と歴史上の建物、田舎がいい具合に点在して空気はゆるかった。そこで知り合った男性と自然な流れで同居し、彼の母親も後になって一緒に住み始めた。疑似家族ではあったが、楽しかった。

誰からも傷つけられる事のない、信じられない穏やかな毎日だった。日本での過去は、あれは私ではない、他人の人生のように思えた。古城めぐりやライン川下り、街道の旅などそう興味もなかったことを一通り体験し、その魅力に浸かったが、興味が深まることはなかった。それに逆らうように、別の思いが静かに芽生えていた。

そのままずっとドイツに住み続けるというのが、自分には無理だと確信したちょうどその頃、同居していた彼にある病気が見つかった。

発見が遅くて、検査を重ねるうちに素早く進行して重くなってしまった。治療の為に転院を何度かした後はいよいよ手の施しようがなくなり、やむを得ず緩和の方向へ向かった。最後は緩和ケア病院で穏やかに息を引き取った。あっと言う間だった。私はある程度心構えが出来ていたが、彼の母親はそうではなかった。亡くなった後も混乱が収まらなかった。息子の死をそう簡単に受け入れることはできなかった。

彼の遺品の整理と、母親の心の支えをする時間が必要だった。それは約一年かかった。母親を施設にひとまず預けると肩の力が抜けた。私は仕事を辞めることにした。

東京に帰ったものの、一時は何もする気が起きず、無為の日々を過ごしていた。だがその後外資系の金融会社に就職が決まり、再び欧州へ戻った。今度の住まいはロンドンだった。

ロンドンにいた三年間を今思うと、あれはあれで特別な期間だったと思えるのだが、振り返ってどうこうと言った感慨はない。人種のるつぼと呼んで差し支えない多人種都市。金融の仕事は市況と数字、統計に追われて息つく暇がない。大量のデータを読み情報を収集分析し、得られるものは博打のような幸運のおこぼれだった。ある意味機械的に仕事し、頭の中は空っぽになった。

休日は家で怠惰な時間を過ごしていた。パブリックスクールの教師をしている友人が遊びに来ては仕事の愚痴を長々と話すので、それも気力が萎える一因かもしれなかった。英国の教育は早い段階で能力が分けられ、厳しい格差社会だと言う。母親たちの職業に対する意識は日本ほど高くなく、専ら国におんぶできるところはさせてもらおうと割り切った母親が多いと友人は語っていた。様々な面で社会の中の格差は日本よりあると思われた。

振り返ると、その間は鍵をかけられて仕舞い込まれた日記帳のようだった。

自分はかたくなに心を閉ざして、余計なものが入ってこないようにガードしていたのだろう。加えて、あの陰鬱な長雨という気候も、私の気持ちに影響したのだろうか。

三年でロンドンを離れた。次の赴任先はシンガポールか東京か選んでいいと上司から告げられた時、ためらいなく東京を選んだ。そろそろ里心が湧いて来たのだろう。

そうして再び東京の生活が始まった。若い頃に住んでいた東京とはまた違った雰囲気の日本だった。だが私は数ヵ月した頃から、気が抜けたようになってしまった。そして久しぶりに沸き起こって来た「何かを書きたい」という思いに突き動かされようとしていた。

暫く、私は雑文やコピーを書いて暮らしていた。それまで培ったコネクションでどうにか仕事を繋いでいた。細々ではあったが、女一人が生きていくには何とかなるものだ。一方、書きたかったノンフィクションの取材をコツコツと始めることにした。まとめたいことは沢山あった。いつも構想で頭がいっぱいだった。収入は激減したが、私は幸せだった。

毎日、寝る暇も惜しんで仕事をしていた私の耳に、ある日流れてきた音楽があった。

自分の車の中で、それを聞いた。不思議な甘い響きを持って、胸に迫ってきた。いつかどこかで聞いたような切なくて美しいメロディーだった。音量を高くして聞き続けるうちに、私の脳裏にある風景が甦った。

それは十数年前の風景だった。濃い緑、桜の大きな木々、夜の熱気、ベッド、原稿用紙、庭の野菜、誘蛾灯……。それらは私を一気に過去へと連れ戻した。私は気づいた。それは塔子が持っていたＭＤの一つに入っていた物だと。別荘のあの部屋で、私は何度もその音楽を聴いた。胸にしみこむ不思議な旋律だった。ラジオに耳を傾けて私は作曲者を知ろうとした。だが、演奏者の名が告げられただけで、作曲者は分からなかった。

ＣＤはすぐに見つかった。音楽専門店の店頭に、注目曲として大きく宣伝されていた。作曲者は今西健志とあった。……そうだ、それは塔子の亡くなった昔の恋人の名だった。

今西健志について調べると、沢山の事実が分かった。音楽愛好家の間で知られた作曲家だったのだ。亡くなってもう二十年以上になるが、生前から知られていた人だった。

バンドからコンポーザーへ、そして作曲という珍しい経歴で、作詞も手掛けている。何人かの歌手に楽曲提供した数年後、ぷっつりと音楽活動を止めてしまっていた。修から聞いた今西健志について、私は憶えていた。スポーツ万能な彼は、複数のスポーツを掛け持ちして競技に参加していた。幾つかの大会で記録を残したと言う。そしてあの悲劇的な最期だ。

しかしいくら探しても、その事実はどこにも書かれていなかった。ウィキには、胃がんで亡くなったと書かれてあるだけだった。

偶然私はある本を手に入れた。今西健志について書かれた本だった。それは今西詩子《うたこ》という人の書いた手記だった。二人は異母兄弟で、父親が議員の今西聡だった……。

その夏に、本当に不思議な事が起こった。立て続けに私のもとに久しく会っていない旧友から連絡があったのである。

最初は近藤玲子だった。彼女とはもう十年も音信不通だった。私が海外に行っていた間は誰とも連絡を取り合っていなかった。まさかまたどこかで接点があるとは思いもしない。

玲子が言うには、私の仕事をどこかで見聞きし、会ってみたいと考えていたそうだ。雑誌社に問い合わせて、私の連絡先を知った。電話を貰い、少し話すうちに、距離は縮んだ。もう若くはない。玲子も小学生の双子の母親だ。私は少し警戒しながら、次第に打ち解けて行った。

「いつの間にか十五年経っちゃったのね」

「もうそんなになるの」

「なるわね」

近況報告が終わって、少し間があった。

「どうしたの？　何か用があったんじゃない？」

私は単刀直入に尋ねた。

「実はね……」

私は話を聞いて絶句した。自分の心をいきなりぶちまけられたような、恐れていたことが表ざたにされたようなショックだった。

玲子は、半月ほど前にある場所で塔子に会ったと言うのだった。そして、こともあろうに、玲子と私を自分の住まいに招待すると言い出したのだそうだ。

「何で……」

早くも動揺と気分の悪さで私は胸のむかつきを抑えられなくなった。玲子はそんな私の気持ちなどどこ吹く風で、塔子と会った時の事を楽しげに語る。私は半分上の空だった。耳に残った情報だと、彼女は自由が丘に住んでいて、子供服のデザインをしていると言う。子供服と塔子がつながらなくて、私は可笑しさがこみあげた。

「何で子供服？　そんな趣味あったっけ」

「デザインは好きだったみたいよ。手芸もしてたし」

私は塔子のしていた白刺繍を思い出した。聞くところによると、塔子は大学を出た後、服飾専門学校に入り直したと言う。

ふーん、と黙って私は聞いていた。

玲子は友人への贈り物をするために子供服の専門店で商品を見繕っていた。すると塔子が店にやって来たと言う。当然、仕事でだ。

私は玲子が、塔子に言われたから私に連絡をくれたのか、それとも私に連絡したがっていたら塔子とたまたま出会ったのか、どっちなのだろうと考えた。しかし、もうどちらでも良かった。玲子がかなりその気になっていることだけが明らかだった。

「会って何を話せと言うの」

私は反発するように言った。

「無理にとは言わないけど……」

私の反応に驚いたのか、玲子の声は小さくなった。

「多分、今誰よりも一番会いたくない人ね、彼女は」

「そうだったの……。まぁそうよね」

これまでの不快な経緯を振り返って私たちは黙った。

「まぁでも、彼女元気そうだったし、明るくなってたから……。もし佐和子さんが行かなくても私だけで行ってみるわ。気が変わったら、連絡頂戴ね」

分かったと言って電話を切った。その時は誰が行くものかと思っていた。


翌週、予期しない人から電話が来ていた。修だった。こちらも何年かぶりだった。修は私が大学を出て仕事に就いてからやがて会うことも少なくなった。しかし私がドイツへ行きその後転職してロンドンへ行っていた時もたまに連絡は取り合っていた。そのお陰で全く疎遠にはならずに済んだ。彼は親から店の経営を任され、支店を何軒か増やしていた。ツーリングをするようになって、修は殆ど自由な時間がなくなったと言っていた。住む世界が違う人となり、会う理由もなくなった。

しかし何年かぶりに電話で話してみると、穏やかな口調が私を引き付けた。とにかくどこかで会いたいと言うので、私はその週末に東京まで行き、駅の近くのパーラーで待ち合わせた。

窓際の席で何やら手帳に書き付けている彼を見て私は一瞬別人かと錯角した。ちょっと見、一回り体が大きくなったようだった。よく見ると肩の筋肉が隆々とし、腕回りも一回り太くなっていた。が、それに対して胸や胴などは引き締まっていた。日焼けした顔は艶やかで髪も短くし、外人のようにも見えた。席に着くなり挨拶もせずに私は言った。

「元気そうね、毎日充実してるのね」

修は笑い返した。

「そうかもしれない、とっても順調だよ」

とりあえず簡単な近況を聞いた。今は千葉と沖縄を往復して仕事しているとのことだった。

「話って、塔子のこと？」

その名を出すのは気が引けたが、仕方なかった。

「……どうして分かったの？」

私たちの間にいつも横たわっていた問題、それは大抵彼女が原因だった。

私は、友人から連絡があり、塔子と自由が丘で会ったことや塔子が私と会いたがってることなどを話した。

修は切り出した。修にコンタクトを取ってきたのは彼女の方だった。千葉の店に現れ、一度会って話がしたいと真正面から言ったそうだ。

「君にも会いたいと言っているんだよ」

「えっ……。玲子さんからも言われ、あなたにも……。何、それ」

「よほど会いたいんだろう。僕を使ってまで」

修は、彼女の会いたいのが私だと見抜いているようだった。

「何で今更……」

もう十五年が過ぎようとしている。彼女は何を思い、何をしてきたのか。そして、何をしようとしているのか。私は別の話題を振った。予定していた通りに。

「あなた、教えてくれたよね。塔子の恋人が、亡くなった今西健志っていう人だって」

「ああ」

修はキョトンとした顔になった。

「私少し調べてみたの。まぁ仕事柄大したことないし」

何を言い出すのかという雰囲気が伝わってきた。

「……結論から言うわね。今西健志という、政治家の息子で作曲家だった人が、サーフィンや他のスポーツをやってたという記録はどこにもないのよ」

「ええっ」

「……塔子が元彼だと言ってたのも、多分嘘。もしくは彼女が作り上げた妄想。ひょっとしたら、どこかに別の今西健志がいるのかもしれない。でも塔子はその人と実際の作曲家の今西健志を混ぜ合わせて、別の人物を作り上げた。……だから」

フッ、と修は苦笑した。もう全部言わなくていい、といった感じだった。

「君はもう塔子には関わりたくないんだろう？」

大きく頷いたのを見て、更に修が言った。

「そこを乗り越えて、会う事はできないものかね」

しみじみした言い方に、ふと私は疑問を感じた。

「何で？」

「何でだろ……。彼女が会いたいって言う時は、きっと特別な時だからさ」

「……」

十数年間のブランクを、悠々と飛び越えてしまった。私は彼の目を見た。その目は澄み渡っていた。この人は純粋過ぎる……。本当は塔子と恋愛関係にあったのではないかという疑いがわき上がってきて、私は慌てて打ち消した。

何日か考えた結論はこうだった。

やはり一度会ってみよう。

「塔子が会いたがっている時は、きっと特別な時だから」という言葉に、私は変な説得力を感じたのである。

グタグダと逡巡する気持ちに蓋をして私は約束の場所へ出かけた。

その日、空は高く晴れ渡り、太った雲が暢気《のんき》そうに空を漂っていた。空気は澄んで明るかった。私と玲子は自由が丘の駅で待ち合わせをしていた。修は先に行っているということだった。

玲子は大きな円筒形のケーキの箱を提げてやって来た。淡いピンクのワンピースに頰は昔と同じく赤身を帯びていた。何も変わりはなかった。玲子を見ていると、何故か幸せな気分にさせられてしまう。彼女は幸福を絵に描いたようなミセスだった。

世間話をしながらぶらぶらぶら歩いて行くと、やがて目的のマンションが見つかった。少し古くて落ち着いた白い建物。思った通りの感じの住まいだ。


しかし、入っていく寸前に、私の身に異変が起こった。何と説明すればいいか分からないが、突然三人のガッチリした男が現れて、両脇を摑まれたような。更に後ろからも胴を抱き抱えられたかのような……。強い力で私は抑えられ、前に進めなくなってしまった。言ってみれば、それは精神的な物と呼ぶにふさわしいのかもしれない。立ち止まり、息が早くなった私を振り返り、玲子が戻って来た。

どうしたの？の言葉に私は立ち竦んでいた。玲子は側に来て肩を撫でてくれ、見守っていた。私は力を振り絞り「ごめんなさい！」と言い残してそこを立ち去った。後も見ずに。


その後の話を修から聞いた。玲子は一人で塔子の部屋へ向かい、そこで先に来ていた修と共に塔子に会ったという。二人は初対面だから、かなりおかしな雰囲気だっただろう。

塔子は落ち着いた感じだったらしい。少し老けていたがそれでも昔とほぼ変わりないきれいさだった。台所に立ちてきぱきと動き、用意していたお茶やお菓子をふるまったそうだ。

非常に穏やかな時間が過ぎ、それぞれの近況などを報告し、二時間ほどで部屋を出たと言う。

玲子はそのまま家へ帰った。

しかし、その後にある事件が待ち構えていた。修は、駅で胸騒ぎを覚えそのまま帰ることができなくなり、塔子の部屋へ引き返したという。

部屋で、修は昏睡した彼女を発見する。枕元には睡眠薬の空き瓶が転がっていた。大量の睡眠薬を彼女は飲んだのだ。予感が的中した修は救急車を呼び、一緒に病院へ同行した。

私に連絡があったのはそれから四日後だった。塔子は胃洗浄をして命に別状はなかった。まさしく間一髪だった。既に塔子は退院して、修は千葉に戻っていると言う。

塔子が入院中、父親とその妻がやってきて甲斐甲斐しく世話をしていたそうだ。私は少しの間言葉が出なかった。

修は、尋ねた時からずっと塔子の様子を観察していたらしい。言葉の端々にどこか厭世《えんせい》的で投げやりな気分が目についたという。詳細を私は聞きたくなかった。しかし命の恩人となった修の、とりあえず話だけは聞いた。

私は何日か混乱していた。過去の記憶やこれまであった事などが洪水のように襲ってきて整理が付かなくなった。そして何日もかかって、次第に気持ちの整理が付き始めた。

塔子は一体何を考えていたのだろう。また、それは計画的なものだったのか。衝動的だったのか。それを知るにはもう少し情報が必要だった。そこで私はもう一度修に会うために千葉へ出かけて行った。

その日、私たちは修の店で落ち合い、彼の車で海へと向かった。外房線の南端に当たる海岸へ私たちは出た。修が外で話をしたいと望んだのだ。

海岸に降り立つと、波は静かで砂浜は白くどこまでも穏やかだった。

「別世界だね、ここ」

私は静けさに圧倒されていた。ぽつりぽつりと修が話し出した。でもそれらは既に聞いた情報だった。彼女が無事で普段の生活に戻っているなら、それ以上何も望むものはない。そんな気がしていた。透き通った海、柔らかく打ち寄せる波頭が、気持ちを宥めたのだろうか。

「海っていいね……」

私は何の気なしに呟いた。修の肩がビクッと動き、ちょっと首を曲げて沖を見るような仕草をした。その時、私はハッとした。彼がどんな生活をして、何を頼りに生きてるのだろうか、と真《ま》っ新《さら》な疑問に捉えられた。好きな人はいるのか、いや、もしかすると結婚した人がいたのかもしれない……。

振り返って私を見た眼差しは優しかった。その腕に、肩に、私はすがりつきたい衝動に駆られた。

「心配することないよ。もう昔の彼女じゃない。大人なんだ。僕たちも……」

私は自分の腕を押さえた。過ぎてきた年月の重さ、それが全てだった。

「修はずっとこのままなの？」私はやっとの思いで聞いた。

彼は目を海に戻し、遠くを見た。

「ああ、多分……」

車の中で、私は一通の手紙を手渡された。それは修が塔子から預かったものだった。先日、修が塔子の部屋から帰る際に私に渡して欲しいと頼まれたものだった。

膨らんだ封筒の中身を想像するのは気分が重かった。その日は車で最寄りの駅まで送られ、特別なこともなく私は東京へ帰った。

自分の部屋へ戻り、書棚の一番奥に手紙をしまい込み、以後封を開けることもなく私はそれきり手紙を忘れた。

五章　旅立ち

私はルポルタージュを書いてはいたが、何か一つ仕上げるのにも大変な量の取材が必要なのとコストが合わなくて、次第に貯金を取り崩しながら生活していた。しかしノンフィクション小説が書きたいという思いが頭から離れず、企画を色々な出版社に送っていた。一つ、企画が通ったのがあり、最近それに仕事を集中するようになっていた。

季節が変わり、たちまち一年が過ぎた。

修から来た暑中見舞いで、塔子が新しい恋人とオーストラリアへ移住したことを知った。その時に、しまい込んでそのままにしてある手紙を思い出した。しかしそれだけだった。

そして更に半年後、私は完成した原稿の入稿に忙しかった。あと何日かで年が変わる慌ただしい年末に、修から電話が来た。それは思いもかけないショッキングな知らせだった。

オーストラリアで塔子と恋人の乗った小型飛行機が墜落したのだと言う。恋人は重傷を負ったが塔子は亡くなった。二人は休暇で移動中だった。恋人の操縦する飛行機が山間部を飛んでいる時にエンジントラブルを起こして墜落したのだった。機体は山肌に当たりながら落ち、木々をなぎ倒して壊れた。恋人は木に引っかかって命は助かったが、塔子はプロペラに巻き込まれて亡くなったと言う。

オーストラリアのどの地域か分からないが、私は乾いた砂漠や岩ばかりの大地を思い出した。一度だけ、旅行したことがある。ずいぶん前のことだ。小型飛行機が回転しながら落ちて行く様、無味乾燥な風景の中に煙と炎が立ち上る様子が頭の中で映画のシーンのように浮かんでは消えた。

プロペラに巻き込まれたという事は、轢死《れきし》したのだろうか。無残な死に方は、とても彼女には似つかわしくない。振り払おうとしてもつきまとってくる恐ろしさに私は震えた。

その事実を受け入れるまで、何日、いや数週間がかかった。

訳の分からぬ戯言を、修に何度か電話して喋った。それで大分気が済んだように思う。彼もまた私と同様に、いやそれ以上に混乱していた。私たちは似た者同士だった。

ある日部屋で捜し物をしている時に、私は懐かしい物を発見した。押し入れの奥から出したトランクの中にそれはあった。……あの別荘での夏の日に、私が塔子を撮った数十枚の写真だった。

ご丁寧に何重にも包まれた写真は真新しさを保っていた。タイムカプセルのようだった。私は写真を一枚一枚並べ、机の上を埋めて行った。どれも、その時分私が思っていた以上に素晴らしいものだった。彼女は写真の中で伸び伸びと振る舞っていた。

……そうか。私は思った。塔子は私に身内のような愛情を持っていてくれたのだ。だからこんなに安心してカメラの前で自分をさらけ出すことができたのだ……。

写真は、彼女の持つ純真さ、愛らしさ、そして……なんと言ったらいいのだろう、若々しいエロス、と言ったようなものが表現されていた。

それは悲しいまでに美しい、生き物として魅力ある身体だった。

私と修は翌年籍を入れた。

塔子の放置されていた別荘は、私が買い取った。

私はやっと、あの、塔子が私にくれた手紙を手に取って読むことができた。それは便箋にびっしり手書きで書かれていた。十数枚もの手紙を私は読み、不思議な気持ちに包まれた。もっと早く読めば良かった、そう感じた。

まるで未成年のような自己分析がその中にあった。

……もう一方で、私は他人に自分を分かって欲しいという強い欲求を持っていました。私はその狭間で苦しみました。素直になれない自分が常にいました。素直になれば、決まってその反動が来るのです。……素直になった後は、自己嫌悪に苦しみました。私はいつも、沢山いる自分の中で、どれが本当に自分らしいのか、模索していました。どの程度に自分を出し、どの程度に人に愛情を求めていいのか、それが全く分からなかったのです。……私は本当は深い愛情を欲しがっていました。……でも、その点で私は本当に不器用でした。私はしばしば失敗しました。人間関係がうまくやれませんでした。私はあなたも修も、大好きでした。あなたにも修にも家族のような愛情を持っていました。それが強すぎて時に裏返り、激しい憎しみと恨みに変わってしまいました。自分ではどうすることもできませんでした。私は色々な自分を、コントロールできなくなりました。そして迷惑をかけてきました。本当に幼稚な私の性格を、人に説明するのは憚《はばか》られたけど、……何しろこれが最後だから、恥を忍んで書きました。

これが二十代の頃に書かれたならまだしも、もうそこから十数年が過ぎているのだ。まるで彼女だけ時間が止まったかのようだった。

大学を出てから飛び込んだ新しい世界、仕事についても書いてあった。手に取るように私は彼女の生きてきた道を理解した。時折文章の乱れがあり、黒く塗りつぶされたり、二重線で書き換えられたりしていた。

そして、あたかもこれから命を終わらせるかのような文章が並ぶ。

……人間は誰でも自由に生きる権利があります。それと同時に、自由に生きた人は、それなりの結末を引き受けるのを覚悟して生きなければならないのです。私は、自分の人生を引き受けようと思っています。

自分自身に語りかけているような言葉だ。
最後はこう結ばれていた。

本当に楽しかった。若かった時の一コマ一コマが、生きてきた私の貴重な思い出です。私は自分の人生の全てを肯定したいと思っています。そして、愛していました。生きてきて良かったと思っています。後悔していません。佐和子、あなたはあなたの道を、真っ直ぐに歩いて行ってください。自分を信じてね。
……さようなら。お元気で。……小峰塔子

あの時やはり彼女は自分で命を終わらせようとしていたのだろう。睡眠薬を大量に飲み、病院で長い眠りから覚めた時、私への手紙も記憶から消えてしまったのだろうか。

私は職業として人間の姿を追い、その生き方を一本のペンで、分かったような顔をして書き続けている。だがそれは、薄っぺらで虚しい仕事なのだ。一人の人間の存在は、他人が容易に想像できないほど重く、複雑で暗い。私はその事を始終噛みしめながら人間を書き続けていくことだろう。

一年のうち、夏と冬の数ヵ月を私はこの別荘で過ごす。ぐるりと三方を桜の木で囲まれた家で、時折私は仕事の為に夜を明かす。

東に向いた一階の窓辺に立ち、木々の間から朝日が昇ってくるのを眺める。闇は光に掃かれ、嘘のような鮮やかさで大地の向こうから陽が迫ってくる。光は闇の底にいる物たちを、静かに浮かび上がらせる。

闇の中の真実は嘘に変わり、真実も嘘も紙一重だという思いを私に抱かせる。闇の中にいた死者たちは消え、入れ替わりに生者たちがしっかりとその姿を現す。生と死、嘘と真実が交錯する時間に私は窓辺に立ち、様々なものを見ようと目を凝らす。

桜の林の丘に、今、太陽が昇って行く。

〈著者紹介〉

椎名　羽津実（しいな　はつみ）

女子大英文学科在学中から小説を書き始める。
結婚後シナリオ塾に入学し、シナリオを書き始める。
夫の仕事を手伝う傍ら、ブログで本やドラマのレビューを発信している。
宮城県在住。

主な作品：
〈薔薇の眠り〉〈サークル〉〈走れソーラーカー〉

チェリーヒルの夜明け

定価（本体1400円+税）

2017年 11月 25日初版第1刷印刷
2017年 12月　1日初版第1刷発行
著　者　椎名羽津実
発行者　百瀬精一
発行所　鳥影社（www.choeisha.com）
〒160-0023 東京都新宿区西新宿3-5-12トーカン新宿7F
電話 03(5948)6470, FAX 03(5948)6471
〒392-0012 長野県諏訪市四賀 229-1（本社・編集室）
電話 0266(53)2903, FAX 0266(58)6771
印刷・製本　モリモト印刷・高地製本

ISBN978-4-86265-640-7　C0093